船見カナエ

放課後になったら、
堤防に座ってカナエくんと
日が暮れるまで話す。
この何気ない時間が、
私の宝物だった。

眠れない夜、
二人で学校に忍び込んだ。
月明かりが差し込む教室で、
俺たちは時間も忘れて、
思い出話に耽った。

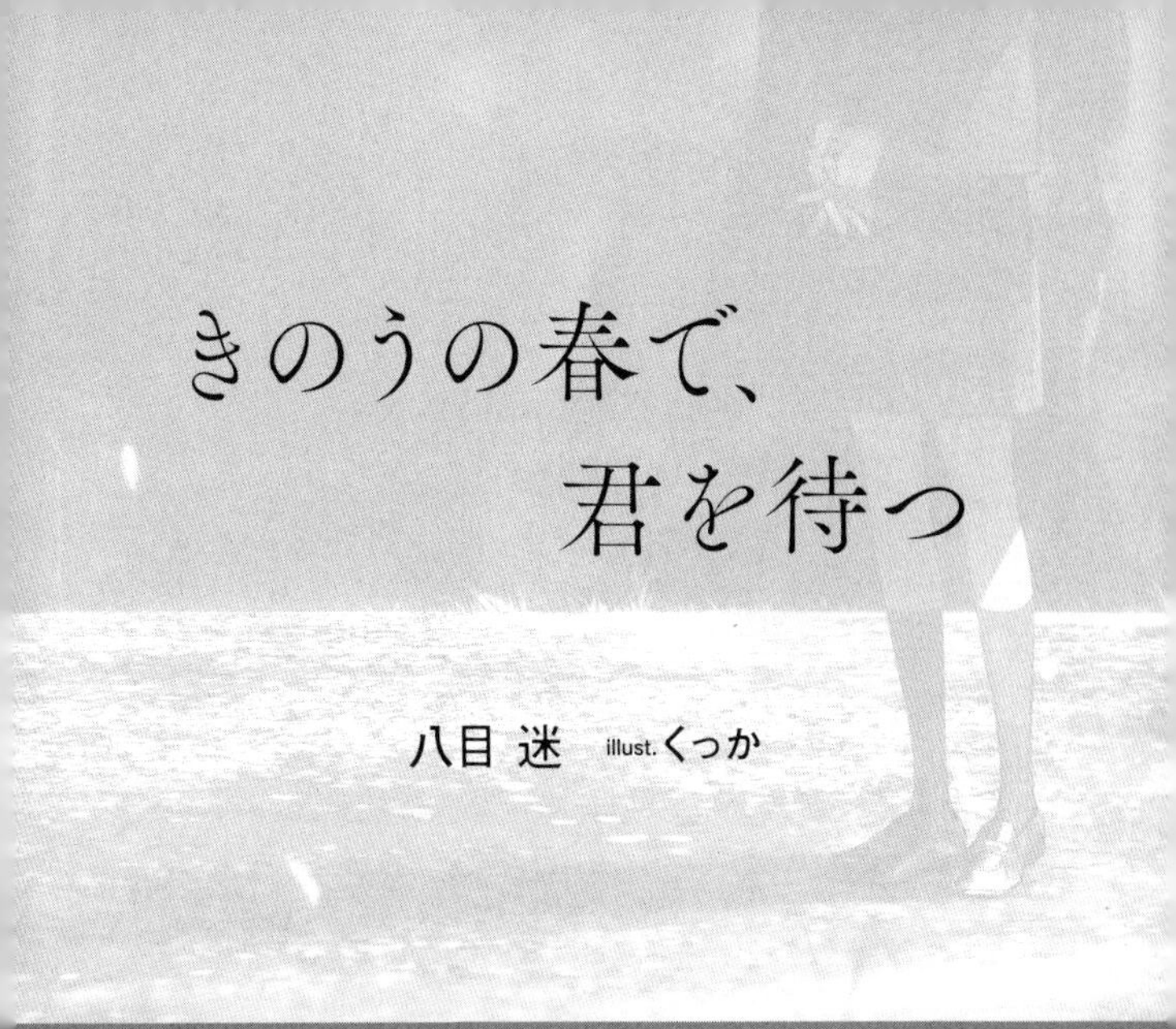

きのうの春で、君を待つ

八目 迷　illust. くっか

character
登場人物

船見《ふなみ》カナエ
主人公。東京から
家出してきた17歳の少年。

保科《ほしな》あかり
カナエの幼馴染。
離島の高校に通う少女。

船見エリ
カナエの妹。離島の
中学に通う14歳。

保科彰人《あきと》
あかりの兄。

速瀬《はやせ》 咲《さき》
彰人の元恋人。

どうしようもなく悩んで悩んで悩み抜いて、考えるのに嫌気《いやけ》が差してきた頃、ふと見上げた空は、驚くほどに青く澄んでいた。

上空を舞うトンビが、哀《かな》しげに鳴きながら地上を見下ろしている。その傍《かたわ》らには、牛乳をひとしずく垂らしてできた染みのような月が、静謐《せいひつ》な朝の空に浮かんでいた。

疲れ切った脳に酸素を送ろうと、新鮮な空気を思いっきり吸い込む。

しっとりと濡《ぬ》れた感触が鼻孔を通り抜ける。嗅《か》ぎ慣《な》れた潮の香りに、少しだけ梅花の香りが混じっていた。

一七歳、春だった。

視線を前方に戻し、俺は歩みを再開する。

波の音を聞きながら、堤防に沿って進んだ。家まではずいぶんな回り道だったが、俺には歩きながら考える時間が必要だった。

昨夜。あの出来事がすべての始まりで、俺にとっての終着点だった。

正直なところ、未《いま》だ現実を受け止めきれずにいる。本当にこれでよかったのか、もっと正しい選択があったのではないか。状況が変わるわけでもなし、ずっと昨夜の記憶をこねくり回している。考えれば考えるほど、後悔のぬかるみに沈んでいくようだった。

まとまらない思考をそれでも一つの形にしようと努力して、気がついたら、俺は家の前まで来ていた。

ただいまも言わず門をくぐり、自室に入る。

何をする気力も湧《わ》かなかった。ベッドに寝転がり、滲《にじ》み出る懊悩《おうのう》をため息に変える作業だけを繰り返した。

しばらくして、猛烈な睡魔に襲われた。思えば昨日から一睡もしていなかった。

俺はまぶたを閉じる。すると、あかりといたここ数日間の記憶が、走馬灯のように過ぎていった。

あかりの笑っている顔が、照れている顔が、泣いている顔が、次々とまぶたの裏に浮かぶ。

恵まれた時間を過ごしていた。あかりがそばにいるだけで、幸せな気持ちになれた。

だからこそ。

どんな選択をしても、俺は必ず、あかりを――。


そして、眠気に意識を攫《さら》われる。

第一章

4月1日 15時

小型のフェリーに揺られていた。船に乗るのは、およそ二年ぶりだった。

窓際の座席から、なんとなく船内を見渡す。たしかシート数は一〇〇ちょっとあるはずだが、乗客は片手で数えられるほどしかいない。

壁にかけられた時計を見ると、ちょうど一五時だった。東京を経《た》ってからすでに六時間余り。俺は窓枠に頬杖《ほおづえ》をつき、短いため息を吐《つ》く。

家出をしていた。それも、腐るほどありきたりな理由で。

忌《い》まわしい記憶は、思い出したくなくても脳内で勝手に再生を始める。

たしかに、俺が悪い部分もあった。春期講習をサボって書店で時間を潰《つぶ》すのはよくなかったし、立ち読みしていたところを親父《おやじ》に目撃されたからといって、「いや、これは物理の勉強で……俺が読んでるの、SFだし」なんて言い訳はするべきではなかった。

でも、そこから先は大体親父に非がある、と思う。

「受講料を払ってるのに」とか「そんなんだから落ちこぼれるんだ」とか「誰が養ってやってると思ってる」とか「このバカ」とか……帰宅するなり始まった親父の説教は、半分くらいただの罵倒《ばとう》だった。

講習をサボったのは俺が悪い。それは認める。でも、乗り気じゃない俺を無視して勝手に講習を申し込んだのは親父だ。それに「養ってやってる」なんて言っていたが、俺が親父と東京で暮らすことになったのは、元をたどれば親父が俺を誘ったからだ。

ちょっと理不尽じゃないか？　とモヤモヤを募らせながらも、俺はしおらしく俯《うつむ》いて説教を受け止めていた。でも、親父が何気なく発したあの一言には、我慢できなかった。

「お前を東京に連れ戻したのは間違いだったかもしれんな」

鈍器で頭を殴られたみたいだった。
二、三秒ほど……いや、もっと長かったかもしれない時間、放心したあと、俺は自室に駆け込んだ。親父の声に耳も貸さず、最低限の荷物をボストンバッグに詰め込み、翌朝、起きるや否《いな》や家を飛び出した。
ぎり、と俺は奥歯を噛《か》む。

「……クソ親父」

呪詛《じゅそ》のように吐き出した言葉は、船内の窓を少し曇らした。

うだうだと過去を振り返っても何もいいことがない。おとなしく海でも眺めていよう。

窓の向こうに見える海面は、昼下がりの太陽に照らされて白く輝いている。今日は少しばかり波が高く、揺れが大きい。

嫌《いや》なことを思い出してしまったせいか、少し船酔いしてきた。風に当たろうと、俺は席から立ち上がり、船前方のデッキスペースへと向かう。

外に出ると、強風に着ているパーカーのフードが激しくバタついた。春先の風はちょっぴり冷たかったが、憂鬱《ゆううつ》な気分を洗い流してくれるようで、いくぶんか気が楽になった。

吹きさらしのデッキスペースに人の姿はない。俺は船首へ移動し、デッキの手すりを掴《つか》む。船の進行方向に目を向けると、目的地である小さな離島が見えてきた。

袖島《そでしま》だ。

二年ぶりとなる、俺のもう一つの故郷。

袖島港に着いた。荷物を詰めたボストンバッグを肩にかけ、俺はフェリーから下船する。

港を出る際、向かいの歩道に見覚えのある人物が歩いているのを見つけた。

色黒で短髪、どこか野性的な雰囲気をまとったその長身の男は、保科彰人《ほしなあきと》だ。二年前より少し髪が伸びているが、間違いない。

俺が袖島にいた頃、彰人は島の有名人だった。類《たぐい》まれなる投球センスで、弱小だった袖島高校の野球部を甲子園まで導き、島内で一躍注目を浴びた。当時の島の男子はみんな彰人に憧《あこが》れた。俺もそのうちの一人だった。

彰人は俺の三つ歳上だから……もう二〇歳のはず。今は何をしているんだろう？

ほんの少しだが、彰人とは面識がある。だから軽く挨拶《あいさつ》でもしておこうかな、と声をかけようとしたら、彰人は船の切符売り場へと入っていった。

タイミングを逃した。

「……ま、別にいいか」

次、機会があったらちゃんと挨拶しよう。俺は切符売り場から視線を外し、滞在先であるお祖母《ばあ》ちゃんの家へ向かった。

観光会社のビルや旅館が集中する港周辺を抜け、内陸へ進み、住宅が並ぶ細い坂道を上る。

俺の生まれは東京だが、居住していた期間は袖島のほうが長い。今は都内の高校に籍を置いているものの、小中学は袖島の学校に通っていた。だから故郷といえば、東京よりも袖島を連想する。

そう考えると、今回の家出は帰省と言い換えてもいいかもしれない。言い換えたところで、何も状況は変わらないが。

変わらない、といえば。

袖島の町並みは、二年前からほとんど代わり映えしなかった。辺りは古民家ばかりで、一軒の新築も見当たらない。こうも変化に乏しいと、懐かしさを通り越してうんざりしてしまう。

一〇分ほど坂を上った頃、俺は二階建ての木造住宅の前で足を止めた。

門には『船見《ふなみ》』の表札。我《わ》が家だ。

立て付けの悪い引き戸を開ける。俺が「ただいま」と声をかけると、居間からお祖母ちゃんが出てきた。

お祖母ちゃんは深い皺《しわ》が刻まれた顔を綻《ほころ》ばせる。

「よく帰ってきたね、カナエ」

米寿を越えているにもかかわらず、背筋はピンと伸び、その佇《たたず》まいに年相応の老いは感じられない。お祖母《ばあ》ちゃんの姿だけは、二年前から何も変わっていないことに安心する。

「ああ、久しぶり。お祖母ちゃん」


とりあえず荷物を置きに二階へと上がった。

自室に入る。部屋の中は、俺の記憶とほとんど相違なかった。ベッドも本棚も勉強机も、二年前からそのままだ。ただ、掃除は定期的にしてくれているようで、埃《ほこり》っぽさはなかった。ベッドには、春用の布団《ふとん》が敷かれている。お祖母ちゃんが用意してくれたのだろう。

俺はボストンバッグを床に置き、部屋から出た。

階段を下り、座敷でお祖父《じい》ちゃんの仏壇に帰省を報告する。それが終わったら、座敷を離れ、居間に入った。

座布団にあぐらをかき、俺は対面に座るお祖母ちゃんに話を切り出した。

「今朝も電話で言ったけどさ。ちょっとの間、ここにいようと思ってる」

「父ちゃんと喧嘩《けんか》か」

「うん。……うん？　俺そんなことまで言ったっけ」

「あんたから電話がかかってきたあと、すぐ父ちゃんから連絡があったんだよ。そっちにカナエが行くかもしれないから、来たら頼む、って」

「あ、そうなのか……」

「あんたの行動なぞお見通しというわけだね」

いひひ、と魔女みたいに笑う。情けないやら憎たらしいやらで、複雑な気持ちだ。

「……家出先、間違えたかな」

「他に行く宛《あ》てなんてないくせに。どうせ春休みで暇を持て余してるんだろう？　袖島《そでしま》にいたらいいじゃないか。今度、大漁祭もあることだし」

「ああいう人でガヤガヤするの苦手なんだよ。だから行かない」

「あんたそれでよく東京に住もうと思ったね」

「祭りのガヤガヤと東京のガヤガヤは質が違うんだ」

俺はちゃぶ台に置いてあったみかんを手に取り、皮を剥《む》く。

果肉を口に運ぼうとしたところで、がら、と玄関から引き戸を開ける音がした。

「ただいま……あっ」

居間に入ってきたのは妹のエリだった。

二年ぶりに見たエリは、ちょっと大人びていた。たしかもう一四歳になる。野暮ったいおさげだった髪型は、低めの位置で留めたサイドテールになっていた。だが何より目を引くのは、セーラー服だ。二年前までランドセルを背負っていたエリも、今や中学生か。感慨深い。

「よう、エリ。久しぶりだな。部活帰りか？」

俺が声をかけるなり、エリはキッと目を細める。

「なんでいんの」

「ずいぶんな挨拶《あいさつ》だな。お祖母《ばあ》ちゃんから聞いてなかったのか？」

「帰ってくること自体は知ってる。何しに帰ってきたの、って訊《き》いてんの」

刺々《とげとげ》しい態度。歓迎されていないのは明らかだった。

無理もないか、と思う。エリは俺の上京に最後まで反対していた。険悪な空気のまま俺は島を離れ、それから二年間、俺から連絡の一つもしていなかった。

「そう睨《にら》むなよ。久しぶりの再会なんだから、一緒にみかんでも食おうぜ」

「あんたのじゃないでしょ」

胸がチクリと痛む。「あんた」か……初めてそう呼ばれたわけではないが、二年前まで基本的に「お兄ちゃん」呼びだったから、少し傷つく。

「それより質問に答えて。なんの用があって袖島《そでしま》に帰ってきたの？」

「別に用があるわけじゃない。家出してて、しばらく居候《いそうろう》させてもらうだけだよ」

「しばらく？」

「だいたい一週間くらい、かな。今日が四月一日だから、八日まで」

「ふうん。で、なんで家出したの。あの人と喧嘩《けんか》でもしたの？」

俺は立ったままのエリから目を逸《そ》らし、正面を向く。お祖母ちゃんは首を横に振った。

悟られたわけか。勘が鋭い。誤魔化す理由もないので、肯定する。

「ま、おおむねそのとおりだ。よく分かったな」

「だから止めたのに。あんな人についていくなんて、どうかしてるって」

「そうだったかもな。反省してる」

「でしょ？　やっぱりあの人と暮らすなんて最初から無理だった——」

「エリ」

お祖母ちゃんが口を挟んだ。

「あの人呼びはやめときな」

ピシャリとたしなめると、エリは口を尖《とが》らして俯《うつむ》いた。

「だって、あんなのがお父さんだとは思えないんだもん……」

エリの気持ちは、分からないでもなかった。

かつて船見《ふなみ》家は、家族四人で東京に住んでいた。俺と、エリと、親父《おやじ》と、母の四人だ。だが俺が六歳で、エリはまだ三歳だったとき、両親は離婚した。原因は母の不倫だった。

詳しい事情は知らない。ただ、母が完全に家族への愛情を失っていたことは、おそらく間違いない。だから親権は、親父に渡された。

親父が親権を持つことを望んでいたかどうかは、あまり考えないほうがいいだろう。ただ事実を述べるなら、当時の親父は、俺とエリを袖島のお祖母ちゃんのもとに預け、自分は東京に残った。それから一〇年近く、親父《おやじ》は俺たちのことをほったらかしにした。

エリが親父を「あの人」と呼ぶのはもっともだった。親父と暮らしていた記憶がほとんどないエリにとって、親父は限りなく他人に近いだろう。

ただ――俺にとってはそうでもなかった。少なくとも中学生までは。だから親父が「東京の高校に進む気はないか？」と三年前に提案してきたときは、その誘いに乗って、中学卒業と同時に上京したのだ。……まぁ、親父に対して親子の情を感じていたわけではなく、袖島《そでしま》の暮らしに嫌気《いやけ》が差していたのが、上京した主な理由だが。

「エリ、とりあえず座りな」

お祖母《ばあ》ちゃんが優しく声をかけると、エリはおとなしくお祖母ちゃんの隣に座った。

「熱いお茶を淹《い》れたげるから、お互いに近況報告でもしときな。ね？」

エリが無言で頷《うなず》くと、お祖母ちゃんは「よいしょ」と立ち上がり、台所へ向かった。

しゅんと項垂《うなだ》れるエリ。生粋《きっすい》のお祖母ちゃんっ子だから、叱《しか》られるとそれだけショックも大きいのだろう。

エリにとって家族と呼べる存在は、お祖母ちゃんと、たぶん、俺くらいのものだ。だから俺の上京を、必死に止めようとしたのかもしれない。そう考えると、急にエリのことが不憫《ふびん》に思えてきた。

「ま、そう落ち込むなよ」

「いやあんたが原因なんだけど……ムカつく」

「しかしあれだな。エリももう中学生なんだよな。部活とかやってるのか？」

「別にどうでもいいでしょ。ていうかあんたさ、なんで二年間も連絡よこさなかったの」

「それは……ちょっと気まずかったんだよ。エリは俺の上京に猛反対してたから、なんて連絡すればいいか分からなくて」

「女々《めめ》しい」

一蹴《いっしゅう》された。

「普通さ、多少気まずくても近況報告くらいはするでしょ。ほんとありえない。もう礼儀以前に常識がないよね」

「なんだよ、寂しかったのか？」

「は？」

俺を見るエリの目が鋭くなった。

「そんなわけないじゃん。バカなの？　あんた昔からそういうとこあるよね。いい加減なこと口にして反感を買うの。全然直ってない。東京でも浮いちゃってるんじゃないの？」

「あ？」

カチン、と来てしまった。なぜなら図星だから。

「たしかに連絡しなかったのは俺が悪かったよ。けどそれはお前だって同じだろ。俺の連絡先は知ってたはずなのに、一度も連絡をよこさなかった」

「なんでこっちから連絡しなきゃいけないの？　地元を離れたほうが連絡するべきでしょ。あんたって本当デリカシーないよね」

「今デリカシー関係ないだろ。てかいい加減あんた呼ばわりするのやめろ。反抗期かよ。ちょっと前までお兄ちゃんって呼んでたくせに。いやそれとも、にいに、だっけか」

「はー!?　何年前の話してんの？　キモ。大体、反抗期って言ってたけど、それはあんたのほうでしょ。いい歳《とし》して家出なんてして恥ずかしくないの？」

「う、うるせえな！　やむにやまれぬ事情があったんだよ！」

「どうせ学校サボったのがバレたとかそんなんでしょ！」

「学校じゃなくて講習だよ！」

「二人ともいい加減にしな！」

雷が落ちたような大音声《だいおんじょう》。お祖母《ばあ》ちゃんが急須《きゅうす》と湯呑《ゆのみ》を持って居間に戻ってきた。

「エリ！　お兄ちゃんをからかうような真似《まね》はやめな！」

「や……だって……」

「カナエも！　お兄ちゃんなんだから、いちいちつっかかるんじゃないよ！」

「……分かったよ」

俺は立ち上がる。

「どこ行くんだい」

「ちょっと頭冷やしてくる」

振り向かずに言って、俺は家を出た。

「やっちまった……」

家を出てすぐの坂道を下りながら、俺は嘆いた。

まさか帰省して一時間も経《た》たず喧嘩《けんか》になるとは……バカすぎる。全部、エリの言うとおりだ。素直に認めておけばよかったものの、ついカッとなって反論してしまった。

たしかに、俺は東京の高校で浮いていた。いや、高校だけじゃない。袖島《そでしま》の中学でもそうだった。元々人間関係に不器用で友人は少なかったが、中学二年のとき、いじめられていたクラスメイトを庇《かば》ったことが原因で、無視されたり陰口を叩《たた》かれたりするようになった。それらの嫌《いや》がらせには俺が庇った当のクラスメイトも加担し始め、当時の俺は軽い人間不信に陥った。

だが、その悲劇から学ぶものもあった。

閉鎖的な環境は人を狭量にさせる。中学時代の俺がたどり着いた一つの真理だ。

だから袖島を離れるため、親父《おやじ》の誘いに乗り上京した。多様性があって雑多な人種が集《つど》う東京なら……そして俺が生まれた本来の故郷である東京なら、俺を受け入れてくれるはずだと。

期待はすぐに裏切られた。

最初は島育ちという経歴で多少の注目を浴びたが、本当に最初だけだった。生来の不器用さと、今までいた環境の違いからどうも周りと話が合わず、徐々にクラスメイトは離れていった。俺が立て続けに赤点を取るようになると、俺を田舎者呼ばわりする奴《やつ》まで現れた。

いいことなんて一つもなかった。

それでも我慢していた。我慢していれば、いつかは俺を認めてくれる人が現れると信じていたからだ。だがフラストレーションは溜《た》まる一方で、とうとう昨夜の出来事で限界に達した。

――お前を東京に連れ戻したのは間違いだったかもしれんな。

そう言われた瞬間、東京のすべてに「場違いなんだよ」と嘲笑《ちょうしょう》されたよう気がした。

それで居《い》たたまれなくなって、袖島《そでしま》のお祖母《ばあ》ちゃんの家に逃げてきたのだ。

今はその逃げ出した先からも逃げ出してしまったが。

「帰りてえな……」

袖島でも東京でもなく、心から帰りたいと思える場所に帰りたかった。それがどこかは自分でも分からない。寒い朝の布団《ふとん》の中とかだろうか。

なんにせよ、当分家には戻りたくない。まだ日も高い時間だし、しばらくぶらつこう。

鬱々《うつうつ》とした気分で島を歩き、俺は海沿いの道に出る。すると、強い潮風が吹いた。襟足が首筋を撫《な》で、磯の香りが鼻をつく。

多くの離島と同じように、袖島も年中通して風が強い。それは島の周りに、風の力を弱めるものが何もないからだ。あるのは広大な海原だけ。だから、生まれたままの元気な風が、島に運ばれてくる。

風を受けながら海沿いを歩いていると、へそほどの高さの堤防に座り込む、小柄な女の子を見つけた。海側に足を投げ出し、じっと本土の方角を見つめている。

薄手のセーターに無地のパンツ。明るい髪色のボブカットで、その横顔から見える彼女の肌は、健康的な小麦色をしていた。

俺はその明るい髪色が、プールの塩素で脱色されたものだと知っていた。あと、小麦色の肌が日焼けではなく、生まれつきのものだということも。

なぜなら彼女は島の有名人である保科彰人《ほしなあきと》の妹で、俺の幼馴染《おさななじみ》の、保科あかりだったから。

「あ――……？」

声をかけようとして、ためらった。

あかりの目から、つう、と涙がこぼれるのを見てしまったからだ。

驚くほど自然な落涙だった。あかりは涙を拭《ぬぐ》うどころか、瞬き一つしなかった。

声をかけていいものか悩んだ。しかし無視して通り過ぎる気にもなれず、俺はあかりのそばに近づき、おそるおそる名前を呼んでみた。

「あかり……？」

即座にあかりは振り返る。涙の粒が飛んでくるかと思うくらいの速さだった。

「か、カナエくん？」

あかりは心底驚いたふうに立ち上がった。

「どっ、どうしてここに……あ、わ」

急に立ち上がったせいか、あかりはバランスを崩して背中から海側に倒れそうになる。

「危ねえ！」

反射的に身体《からだ》が動いた。俺は目線の高さにあるふとももを抱くようにして、あかりが後ろに倒れるのを防ぐ。無地のパンツ越しにあかりの体温が頬《ほお》に伝わった。

体勢が安定したのを確認して、俺はすぐに身体を離す。

我《われ》ながら大胆な行動に出てしまった。助けるためとはいえ、気を悪くしていないだろうか。

俺が勝手に気まずくなっているうちに、あかりは堤防から下りて、お尻《しり》の砂を払う。

「ごめんごめん。いきなりだったから、びっくりしちゃった」

「や、俺も急に声をかけて悪かった。それより、大丈夫か？」

「うん。おかげさまで落ちずに済みました。ありがとね」

にこりと微笑《ほほえ》むあかり。ふとももに密着したことは気にしていないようだ。俺はホッとすると同時に、もう一つのことが気になった。

「あかり、もしかしてなんだけど……さっき、泣いてなかったか？」

「え？　あー……最近ちょっと花粉症気味でさ。たまに意味もなく涙が流れちゃうんだよね。

全然大したことないんだけど、ちょっと困ってて。あはは……」

そう言って、あかりはゴシゴシと荒っぽく目元を擦《こす》る。

あまり花粉症には見えない。涙を流していたのは別の理由──たとえば、何か嫌《いや》なことでもあったんじゃないだろうか。でも、仮にあったとして、二年ぶりに会って早々あれこれ問いただすのは、少し気が引けた。

「……まぁ、元気ならいいんだ。それはそうと、久しぶりだな」

「うん、久しぶり。中学の卒業式以来だね。今は帰省中？」

「ああ。一週間ほど袖島《そでしま》にいる予定」

「そうなんだ。じゃあ、結構ゆっくりできるね」

だな、と相槌《あいづち》を打ち、俺はあかりの脚に目をやった。

「あかりは、水泳まだやってるのか？」

「水泳？　一応続けてるけど……どうして？」

「なんか、ふとももの感触がスポーツやってるような感じだったから」

あかりは少し驚いたような表情をしたあと、唐突に吹き出した。

「あっはは！　何それ。カナエくん、見ない間にちょっとキモくなった？」

「え!?　い、今のキモかった？　いやたしかにキモかったな……すまん、聞かなかったことにしてくれ」

「もう遅いよ。これからカナエくんのことふとももソムリエって呼ぶね」

「勘弁してくれ」

俺たちは内陸のほうを向いて堤防に腰掛ける。そして、他愛《たわい》のないことを話し合った。

あかりは俺の幼馴染《おさななじみ》で、同時に初恋の相手でもあった。好きになったきっかけは特にない。気がついたら、というやつだ。

だが、中学生で俺の初恋はあっけなく散った。あかりがクラスメイトの女子と話している際に発した、ある一言が原因だった。

『カナエくんとはただの幼馴染で、恋愛感情とかないから』

告白して気まずくなる前に気づけてよかった——努めてそう思うようにした。

それから俺とあかりの関係は幼馴染から進展することなく、高校進学を機に疎遠となった。

よくある話だ。幼馴染という関係自体はありふれたものだが、高校まで親密でいられた例はそう多くないだろう。俺はそれでいいと思う。こうしてたまに会って思い出話に花を咲かせられるなら、それ以上の発展など望むべくもない。

「にしてもあれだなー。カナエくん、あんまり変わってなくて安心した。東京に行ったから、髪の毛染めてピアスとか開けまくってんだと思ってた」

俺は思わず笑ってしまう。

「東京にどんなイメージ持ってんだよ」

「でも、東京ってお洒落《しゃれ》な人多いでしょ？　モデルみたいに可愛《かわい》い子とかさ」

「そりゃあ、袖島《そでしま》に比べればな」

「でしょ？　だから、カナエくんもさ。彼女とか作ってるんじゃないの？」

下から覗《のぞ》くようにして、あかりが訊《き》いてくる。

見栄を張りたい気持ちはあった。だけどもし嘘《うそ》をついてそれがバレたら、虚《むな》しいだけでなくきっと軽蔑《けいべつ》されてしまうので、俺は正直に答える。

「ないよ。残念ながら、そういうのとは無縁の学校生活だ」

「だよね。そうだと思った」

「失礼な奴《やつ》だな」

あはは、とあかりは笑う。

仕返しではないが、俺も言ってやった。

「あかりだって全然変わってないよな」

「えー、そうかな？」

「髪型とか中学のときと一緒だろ？　遠くから見てもあかりだってすぐに分かったぞ」

「……そう？」

いろいろ変わっちゃったんだけどな、と独り言のように呟《つぶや》いて、あかりは俯《うつむ》いた。

そう言うからには、何かが変わったのだろう。俺は今一度、あかりの姿を凝視する。

……あれだな。二年も経《た》っているわけだから、体つきは多少大人っぽくなっている。けど、あかりが言いたいのはそういうことじゃない気がするし、もしそうだとしても、反応に困る。

視線を顔まで持ってきたところで、やっと中学生時代のあかりになかったものを見つけた。変化というには些細《ささい》なものだが、目の下にうっすらとクマができていた。あまり眠れていないのだろうか。

クマをしげしげと眺めていると、あかりがこちらを向いた。

視線がぶつかる。

二年前の俺ならすぐ目を逸《そ》らしていただろう。今の俺もそうするはずだった。でもできなかった。あかりの瞳《ひとみ》に、曇り空を煮詰めて押し込んだような暗さを見て、それがやけに気になってしまった。

結局、先に目を逸らしたのはあかりのほうだった。

「……あんま見られると恥ずいよ」

「え、あ、すまん」

慌てて前を向く。俺も恥ずかしくなってきた。

横目であかりを窺《うかが》う。表情は確認できなかったが、耳が赤くなっていた。

少しして、あかりは「よっ」と勢いをつけて立ち上がり、俺のほうに身体《からだ》を向けた。手を腰の後ろで組んで、少し前かがみになる。

「ねえ、カナエくん」

「うん？」

「カナエくんが行く大学ってさ、もう、決まってるんだよね」

「ああ。都内のI大だけど」

俺が通う高校は大学の付属校だ。留年しない限り、系列大学への内部進学が保証されている。

「そうだよね……ちょっと、確認したかっただけ。じゃあ、私そろそろ帰るね」

「ああ、それじゃあな」

あかりは薄く微笑《ほほえ》んでから、その場を去った。

俺は堤防に座ったまま背伸びをする。久しぶりに人とたくさん話して気分がよかった。

ただ、あかりの瞳に宿っていた暗い気配が、どうも頭の片隅に引っかかっていた。


携帯の時計は一七時を示している。

エリと顔を合わせることに、まだ少し気まずさがある。なので、もうしばらく時間を潰《つぶ》そうと思った。

携帯をズボンのポケットに突っ込み、腰を上げる。

さて、どこへ行こうか。軽くストレッチしながら悩んでいると、近くの民家の庭に、梅の木を見つけた。紅い花弁に目を引かれる。

そういや、今年はまだ桜を見ていない。今日は四月一日。桜も満開を迎えているだろう。この島で桜を見られる場所は、袖島《そでしま》神社の境内くらいだ。

せっかくなので花見でもするかな、と思い、俺は神社へ向かった。

心地いい春の空気を堪能《たんのう》しながら、道を進む。タバコ屋の前を通り過ぎたところで、正面から自転車を漕いでやって来る警察官の姿が目に入った。その警察官がこちらに気がつくと、俺のすぐそばでブレーキをかけた。

面長《おもなが》な顔の、三〇代後半くらいの男性。島の駐在さんだった。

「なんか見たことある顔だなぁ、って思ったら船見《ふなみ》か。久しぶりだな」

子供のように笑う駐在さん。この人も二年前から変わらないな、と思う。

駐在さんは、俺が小学生のときに本土からやって来た警察官だ。茶目っけがあり、島のお年寄りから子供にまで好かれている。

「お久しぶりです」

「今は帰省中か？　いいなぁ、学生は春休みがあって」

「警察にはないんですか？」

「ないない。ずっと働きっぱなしで嫌《いや》になるよ。本当に忙しい」

そう言うわりには、俺と話している暇はあるのだな、などと内心で皮肉ったら、駐在さんは

「さっきも一つ仕事を終わらせてきたところだ」と言った。

「なんか事件でも？」

「そんな大したもんじゃないよ。神社でご老人同士が喧嘩《けんか》になってな。その仲裁に入ってた」

「神社、人多いんですか？」

「まぁまぁ多いな。今は袖島老人会の面々が集結してるから」

げえ、マジか。完全に行く気がなくなってしまった。

「今はゲートボールで盛り上がってるぞ。船見も交ざってきたらどうだ？」

「やですよ……何が悲しくて、春休みにご老人とゲートボールしなくちゃいけないんですか」

「辛辣《しんらつ》だな」

「若者向けの催しはないんですかね。そういうのやんなきゃ、この島もどんどん過疎って少子化が進みますよ」

「お？　難しい言葉を使うようになったな。さすが東京に住んでるだけある」

わはは、と駐在さんが笑う。なんか子供扱いされているみたいで嫌な感じだ。

「じゃあ、俺もう行きますんで」

踵《きびす》を返し、俺は神社とは逆方向に向かう。

貴重な春休みを、こんなところで浪費するわけにはいかなかった。

駐在さんと別れてから、あてもなく島を散策した。

老人会の面々にも、袖島《そでしま》の同級生にも遭遇したくないので、人気《ひとけ》のない道を選んで進む。

気づけば、古い家屋が集中する路地を歩いていた。この辺りはほとんど廃集落みたいなもので、島民は誰も近寄らない。

今から半世紀ほど前の話になるが、かつての袖島は鉱業が盛んだった。島の人口は今の数倍にも及んだらしい。しかし資源となる錫《すず》が枯渇すると、多くの島民は本土へ移り、こうして無人の家だけが残ったそうだ。

俺が幼い頃は、大人から「危ない」とか「幽霊が出る」とか言われて、この廃集落へ立ち入ることを禁じられていた。今まで俺はその言いつけを律儀《りちぎ》に守っていたので、実際に足を踏み入れるのは、今回が初めてだった。

奥に進むほど、ひと目で廃屋と分かる家が目立つようになった。地面からは点々と雑草が伸びている。生活感どころか、人の気配をまるで感じない。袖島の過疎化を憂える一方で、俺は静謐《せいひつ》な空気に心地よさを感じていた。

人混《ひとご》みに揉《も》まれる日々が続いていたせいか、この静けさが妙に落ち着く。日没が迫っていたが、俺は路地を進み続けた。

ひときわ狭い隙間道《すきまみち》を抜けると、開けた場所に出た。

そこは打ち捨てられた小さな公園だった。

錆《さ》びついたブランコ、『使用禁止』の張り紙が張られたジャングルジム、雑草が生い茂る砂場……どれもが、撤去されるのをじっと待ち構えているかのような郷愁を醸《かも》し出している。

おそらくもう何年も遊ばれていないのだろう。

だがそれらの廃れた遊具とは対照的に、公園の敷地内には、力強く芽吹く見事な一本桜が咲き誇っていた。

「うわ、すげえな……」

目がくらむほどの満開に、吸い寄せられるように足が桜のほうへ向かって行く。

桜に一歩近づくたび、物々しいほどの生命力にあてられる。まるでここら一帯から生気を吸い取っているようだ。樹の根本には、桜の花弁が雪のように薄く積もっている。

不意に、びゅお、と強い風が吹き、桜吹雪《ふぶき》が夕焼け空に舞った。桃色の花弁が視界を彩り、濃厚な桜の香りが鼻孔を刺激する。

まるで数年分の春が、この場にぎゅっと凝縮されたみたいだった。

こんな場所があるなんて知らなかった。とんだ穴場だ。

「──ん？」

樹の後ろに何かある。回り込んでみると、それは古びた祠《ほこら》だった。一メートルほどの高さに屋根があり、その下に観音開きの格子戸がある。格子戸は片側が開いていて、膝《ひざ》を曲げて中を覗《のぞ》くと、そこにはラグビーボールサイズの石があった。

ご神体らしきその石には、縦に大きな亀裂《きれつ》が走っていた。まじまじとその石を見つめていると、なぜだか俺は、亀裂から覗《のぞ》く細長い闇《やみ》に気を引かれた。

特に何も考えず、俺はゆっくりと亀裂に手を伸ばす。そのとき、音割れした大きなチャイムが耳に飛び込んできた。心臓が跳ね上がり、俺は反射的に手を引っ込める。

夕方六時を告げるチャイム、グリーンスリーブスだ。

どこから流れているのだろうと辺りを見渡すと、公園の隅に立つポールが目に入った。その先端にはスピーカーが取り付けられている。これだけスピーカーが近くにあれば、音が大きく聞こえるのも納得だった。

昔はこの、グリーンスリーブスの哀《かな》しげなメロディが苦手だった。今でもそうだ。無理やり感傷的な気分にさせられるようで、胸が切なくなる。

落ち着いたところで、俺はもう一度、祠《ほこら》の石に手を伸ばした。チャイムには驚かされたものの、石に対する関心は消えなかった。

メロディを聞き流しながら、手を伸ばし続け――。

指先が石に触れた。

その瞬間、静電気みたいに何かが弾《はじ》けるような感じがして。

俺の意識は、プツリと切れる。

間章（一）

思い返せば、カナエくんと幼馴染《おさななじみ》になってからもう一〇年以上経《た》つ。

きっかけは覚えていない。名前順に並ぶと『船見《ふなみ》』と『保科《ほしな》』は大抵前後になるので、顔を合わせる機会が多く、気づけばよく話すようになっていた。あと、袖島《そでしま》の学校は小中通して生徒数が少なかったので、本土の学校にはあるらしいクラス替えがなかった点も、親しくなれた一つの要因かもしれない。

カナエくんと話すのは楽しかった。袖島小学校に入るまで東京に住んでいたカナエくんは、私が知らないことをたくさん知っていた。東京の人はみんな歩くのが速いとか、どこにでもコンビニがあるとか。私はカナエくんの話を、興味津々で聞いていた。

物知りで、話しやすい男の子。そんなカナエくんの印象に変化が生まれたのは、私が小学二年生の頃だ。

当時の私は内気で暗い性格だった。いや、だった、ではないな。今だってそうだ。ただ、あの頃の私は、人とうまくやる術《すべ》をほとんど何も知らなかった。だから、あんなことが起きてしまったのだ。

昼休み。給食を終えて、見るともなく教科書をぱらぱら捲《めく》っていたら、突然クラスメイトの男子に指をさされて、こう言われた。

「お前、なんでそんなに肌黒いの？」

私は何も言い返せなかった。地黒の肌は当時の私にとってこれ以上ないコンプレックスで、返答に窮してしまったのだ。端的に言うと、ショックを受けていた。

その男子は、言葉を失う私を見て嗜虐心《しぎゃくしん》に火がついたのか、今度は明確な悪意をぶつけてきた。

「身体《からだ》、ちゃんと洗ってないいんじゃねえの」

顔が熱くなった。しかもその男子は教室に響き渡るくらいの声量で言うものだから、一斉に周りのクラスメイトが私に注目した。教室のあちこちからくすくすと笑い声が聞こえて、中には「きたない」とか「におう」とか言う人もいた。何人かの女子は「やめなよ」と言ってくれたけど、嫌《いや》がらせに便乗する人のほうが多かった。

悔しくて恥ずかしくて、でもやっぱり何も言い返せなくて、私は唇《くちびる》を噛《か》んで俯《うつむ》くしかなかった。それでも心ない言葉はじわじわと胸に浸透して、涙となって私の目から染み出してくる。

悲しみが限界を越えて溢《あふ》れそうになったとき、突然、腕を引かれた。

「行こう」

カナエくんだった。まさか、こんなときに声をかけてくるとは思っていなかったので、びっくりした。

「ほら」

どこか怒ったような顔で急《せ》かされて、私は反射的に立ち上がる。そのまま腕を引かれて、教室を出た。クラスメイトの冷やかすような声をカナエくんは一切気に留めず、私を連れて足早に廊下を進んだ。痛いくらいに掴《つか》まれた腕の感触は、今でも覚えている。

屋外階段の踊り場でカナエくんは足を止めて、やっと腕を離した。

「ここなら大丈夫だろ」

途端に、私は抑えていた感情が決壊して、その場でわっと泣きだしてしまった。

なんで泣くんだよ、と狼狽《うろた》えるカナエくんに、私は泣きじゃくりながら思いを吐き出した。

「私、自分の身体がきらい」

「あいつらの言うことなんか気にすんなよ」

「でもみんな、きたないとかくさいとか言うし」

「きたなくないし、くさくもないよ」

「うそ！」

大きな声を上げると、カナエくんは少したじろいで、ふるふると首を振った。

「うそなんか……」

「ぜったいついてる！　カナエくんだってどうせ、きたないとか思ってるくせに！」

私はその場にしゃがみ込んで、頭を抱《かか》えて丸くなった。

泣きながら激しく後悔していた。カナエくんが嘘《うそ》をついていないことくらい、当時の私でも分かっていた。それでも八つ当たりしてしまったのは、こんな自分に優しくしてくれる理由が見当たらなくて、カナエくんの好意を素直に受け止められなかったからだ。

罪悪感は次第に膨らんでいった。どんな理由があれ、私を助けてくれたカナエくんに、あんな言葉を吐くべきではなかった。

散々泣いて、涙も涸《か》れてきた頃。自己嫌悪に苛《さいな》まれながら顔を上げると、カナエくんはまだそばにいた。私に目線を合わせて、不安そうにこちらをじっと見つめている。

「だ、大丈夫か？　あかり」

「……うん」

「うまく言えないけど……元気だせよ」

「……うん」

力なく相槌《あいづち》を打つことしかできなかった。

私が元気を出せないばかりに、カナエくんは余計におろおろした様子で、「その」「だから」「えっと」と言葉を探す。

ややあって、カナエくんは何か閃《ひらめ》いたように、一転してはっきりと言った。

「あかり、ちょっと手だして」

「……？」

私は意味も分からず、言われたとおり右手を差し出した。

カナエくんは私の手を掴《つか》み、逡巡《しゅんじゅん》するような間《ま》を開けたあと、なんと私の手を口に含んだ。

「ひゃあ!?」

私は驚いて手を引っ込めた。

なんでこんなことするの、と戸惑っていると、カナエくんはやけに真剣な表情で言った。

「あかりは、きたなくもくさくもないよ」

そして、ちょっと恥ずかしそうにこう付け足したのだ。

「……口に、入れられるくらいには」

私はポカンとしたあと、思わず笑ってしまった。

カナエくんは不思議そうに首を傾げていたけど、私の笑いは収まらなかった。

目に入れても痛くない、なんて言い回しはあるけど、まさか汚れていないことを証明するために、手を口に入れるなんて！

涙が出るくらい笑って、悲しい気持ちも吹き飛んで、笑い疲れて、気がついたら。

私は、カナエくんのことが好きになっていた。

第二章

4月5日 18時

一番最初に認識したのは、耳に流れ込んでくるグリーンスリーブスのチャイム。

メロディが鳴り止《や》んだ直後、思い出したように疑問と動揺が一瞬で頭の中を埋め尽くした。

――何が起きた?

生まれてこのかた失神というものを体験したことがないが、おそらく今の状態は、失神から覚めたときのそれに近い。意識の連続性が突如として断ち切られ、次の瞬間には、失神前と異なった光景が目の前に広がっている。

具体的に現状を表すなら、直前まで俺は廃集落にある公園――その桜の下に立っていたはずなのに、今は海を背にして袖島《そでしま》の堤防に座っていた。

目の前には、島の駐在さんが自転車をそばに停《と》めて、俺を心配そうに見つめている。

「おい、大丈夫か? なんか言ってくれよ」

声をかけてきた。

「……駐在さん?」

「お、おう。そうだけど」

戸惑ったように駐在さんは苦笑する。

別に駐在さん自体は何もおかしくない。問題は、なぜ、いつから、俺の前にいるのか、だ。

「えっと、何やってんですか?」

「何って。さっきから船見《ふなみ》と話してるんだろ」

「さっき？　さっきって……どれくらいさっき？」

「……お前、本当に大丈夫か？　五分くらい前からだよ。覚えてないのか？」

五分前。そんなに前から話していた記憶はない。

俺は辺りを見渡す。ここが袖島の堤防なのは間違いない。廃集落でも公園でもないし、桜の花弁一枚すら見当たらない。ただ、空は直前の記憶と同じく、夕焼け色に染まっていた。

今、何時なんだろう。時間を確認しようと右手でポケットをまさぐる。が、携帯がない。家に忘れたっけ、と思ったのもつかの間で、左手に携帯が握られていることに気がついた。

時刻を表示させようとしたら、また新たに疑問が浮上し、手が止まった。

俺、この携帯、いつ取り出したんだ？

ていうか……携帯だけじゃない。服。着ている服が違うぞ。今日は朝からずっとパーカーを着ていたはずなのに、今はトレーナーだ。自分の服なのは間違いないが、着替えた記憶がない。それとも、最初からトレーナーだったけど、パーカーを着ていたと勘違いしていたのか？

そんなことってある？

「おいおいまたかよ、いきなり黙るな」

駐在さんに指摘され、俺はハッと顔を上げた。

「す、すいません、ちょっと服とか時間とか気になって……」

「服？　服は知らんけど、今は六時だよ。さっきのチャイムが聞こえなかったのか？」

「え？　ああ、そっか。そうですね……」

空返事をし、いまいち腑《ふ》に落ちないまま、俺は携帯をズボンのポケットに押し込んだ。

たしかに、グリーンスリーブスのチャイムは聞こえていた。だけど、それは廃集落にいるときも鳴っていて……ん？　ということは、俺が廃集落にいたときから時間は全然経《た》っていないのか？　つまり、廃集落からこの堤防に俺は瞬間移動……いや、まさか。仮にそうだとしても、駐在さんは五分くらい前から俺と話していたと言っていた。だから……どういうことだ？

どれだけ考えても、今の状況に納得のいく説明をつけることができない。

「船見《ふなみ》、調子が悪いなら家まで送るぞ。それとも、診療所に連れてったほうがいいか？」

「や、別にそこまでしなくても……一人で帰ります」

「そうか？　ならいいが……。なんというか、あまり思い詰めるなよ。たしかに辛い出来事だったと思うが、お前は悪くないからな。じゃあ、俺もう行くから」

「はあ……？」

駐在さんはそばに停《と》めてある自転車に跨《また》がる。そのまま漕ぎ出すかと思いきや「あ、最後に一つだけ」と言って俺を見た。

「夜遊びはほどほどにしておけよ」

そう言い残し、堤防から走り去った。

辛い出来事とか、夜遊びとか……なんのことだ？　意味が分からない。

にしても、やけに俺のことを気にかけていた。よほど俺が危うい状態に見えたのだろうか。たしかに、そう見られても不思議ではない、というか実際そのとおりだ。ここ最近で一番混乱しているし、今の状況を飲み込めなくてちょっと視界がグラグラしている。まるでたちの悪いドッキリにでも遭っているみたいだ。

まさか、本当にドッキリなのか？　今日は四月一日、エイプリルフールだ。俺の二年ぶりの帰省に合わせて、誰かが俺を笑いものにしようと企《たくら》んでいる……って、そんなわけないか。

バカバカしい妄想を振り払う。考えすぎて疲れてきた。日も暮れてきたし、もう帰ろう。

家に着く頃には完全に日が沈み、辺りは薄暗くなっていた。

玄関の戸を開くと、居間から出てきた制服姿のエリと目が合った。途端に、俺はエリと喧嘩《けんか》したことを思い出して気まずくなる。

何事もなかったかのように振る舞うか、それとも謝罪から入るべきか。どちらにするか悩んでいたら、エリが先に口を開いた。

「帰ってくんのが遅い。ほら、早く上がって」

「あ、ああ」

普通だった。怒っているようには見えない。エリは相当根に持つタイプだと思っていたが、俺の気にしすぎだろうか。

でも、やっぱり、謝罪はしておいたほうがいいだろう。兄として。

俺は靴を脱いで廊下に上がり、洗面所へ向かうエリを引き止める。

「あー……エリ」

「ん？　何？」

「その、悪かったな。なんか、大人げないこと言っちゃって」

「は？　なんのこと？」

「ほら、俺、出かける前にエリと喧嘩《けんか》したから……」

エリは怪訝《けげん》そうな顔をして、直後、なんでもないふうに「ああ」と小さく呟《つぶや》いた。

「もういいよ、それは。私も、ちょっと悪かったと思ってるし」

俺はかなり驚いた。あの、怒ったらてこでも動かないエリが素直に謝るとは。今さらながら、二年という歳月の重みを実感する。

妹の成長に密《ひそ》かに感動していると、エリが痺《しび》れを切らしたように言った。

「ていうか、準備しなくていいの？」

「ああ、はいはい。準備ね。準備。で、なんの準備だ？」

「……え、何言ってんの？　これからお通夜でしょ」

「お通夜？　誰か亡くなったのか？」

エリの表情が固まる。かと思ったら、今度は批難するような眼差《まなざ》しを俺に向けてきた。

「あんた、それ本気で言ってる？」

未《いま》だに「あんた」呼びが続いていることに少し凹《へこ》みつつも、俺は正直な疑問を投げかける。

「いや、マジで分からないんだが……。もしかして、俺の親しい人だったりするのか？」

エリはためらうような間《ま》を開けて、小さな声で言う。

「……彰人《あきと》さんだよ。保科《ほしな》彰人さん。なんで覚えてないの？」

保科彰人、という名前と「亡くなった」を繋《つな》げるのに、少し時間がかかった。

「ま、待て待て。冗談だろ？　彰人なら今日、港で見かけたぞ」

「はあ？」

「あ、もしかして、あれか？　今日がエイプリルフールだからって俺を騙《だま》そうとしてるのか？

その冗談はあんまり面白くないから、やめといたほうがいいぞ」

「……何言ってんの？」

今まで見たことないくらい真剣な表情で言われた。

本気で俺の身を案じるように、エリは口を開く。

「彰人さんが亡くなったの四日前だし、今日は四月五日だよ」

——じゃあ、私、ちょっと髪整えてくるから。

そう言って、エリは横目で俺を見ながら洗面所に入っていった。

俺は呆然《ぼうぜん》と廊下に立ち尽くす。

彰人《あきと》が死んだ、それも四日前に。……信じられない。じゃあ、今日、俺が島に着いたときに見かけた彰人はなんだったんだ？　見間違いか？　それとも幽霊？　そんなバカな。

他にもエリはおかしなことを言っていた。今日が四月五日だとか。いくら春休みだからって四日も日付を間違えるとは思えない。今日は四月一日の日曜だ。そんなことは携帯を見ればすぐに分かる。

ポケットから携帯を取り出し、ホーム画面を表示させる。

画面の日付は、エリが言ったとおり四月五日になっていた。

「……冗談だろ」

俺は居間に駆け込み、今日の日付を示すあらゆるものに目を通した。

テレビ、新聞、電波式の置時計……すべて今日が四月五日であることを俺に教えてくれた。

信じられない。絶対におかしい。ドッキリにしては手が込みすぎている。

俺は居間を出てお祖母《ばあ》ちゃんの姿を捜す。

和室の襖《ふすま》を開けたところで見つけた。何やらタンスを漁《あさ》っている。

「お祖母ちゃん。ちょっといい？」

声をかけると、お祖母ちゃんは振り向いた。

「おお、カナエ。帰ってきてたんだね。お通夜にはこの服を――」

「今日って何日だ？」

お祖母ちゃんが最後まで言い切る前に、俺は訊《き》いた。

「なんだい、急に」

「いいから教えてほしい」

「ええと、今日は木曜だろ？　四月五日の」

「本当に？　間違いない？」

「私がボケてなけりゃあ間違いないね。死んだ祖父《じい》さんに誓ったっていいよ」

お祖父ちゃんを引き合いに出してまで、お祖母ちゃんが俺を騙《だま》すとは思えない。

なら……やっぱり今日は、四月五日なのか？

否定しようにも、反論できるだけの証拠が見つからない。エリもお祖母ちゃんも、今日は四月五日だと言っている。おかしいのは、俺なのか？

「なんなんだ、一体……」

畳み掛けるように妙なことが起きている。

気がついたら廃集落から堤防に移動していたこと、彰人の死、日付のズレ……もはやドッキリというより整合性を失った悪夢を見ているみたいだ。

頭を抱《かか》えていると、お祖母ちゃんがタンスの奥から黒い服を引っ張り出し、俺に渡した。

「さあ、これに着替えな」

通夜の服装は、学生なら制服を着ていくべきだとお祖母《ばあ》ちゃんに言われた。しかし家出中の俺が制服を持っているはずもなく、親父《おやじ》のお古である袖島《そでしま》高校の学生服を借りた。昔ながらの学ランだ。悔しいがサイズはぴったりだった。

通夜は袖島の公民館で行われるそうで、俺はお祖母ちゃんとエリの三人でそこへ向かう。

ひんやりした春の夜の空気は、脳内の雑然とした情報を整理するのにちょうどよかった。

歩きながらの熟考を経て、俺が理解したことは二つ。

まず、今日が四月一日ではなく四月五日なのは間違いない。目に入る今日の日付がすべてそう示していたし、エリもお祖母ちゃんも、四月五日と答えていた。だから、信じるしかない。

二つ目。俺には一日の一八時から、五日の一八時までの記憶がない。日時ではなく状況に言い換えるなら、廃集落の祠《ほこら》にあった石に触れた瞬間から、堤防で駐在さんと話すまでの間だ。一八時と断定できるのは、どちらもそのときにグリーンスリーブスのチャイムが流れていたからだ。

四日間の意識の空白。

まず原因として考えられるのは脳の異常だ。健忘症とか若年性アルツハイマーとか。現実的に考えると、その線が一番濃厚だろう。一七歳で記憶障害。創作ではありがちな設定だが、自身にその疑惑がかけられると、洒落《しゃれ》にならないくらい怖い。正直、病気だとは考えたくない。

他に考えられる原因は、祠の石だ。

あれに触れた瞬間、自分のいた場所と時間が飛んだ。ご神体に触れたことで、俺は祟《たた》りか何かを受けたのかもしれない。正直、病気より祟りのほうが現実味が薄い分、まだ気は楽だ。

しかし……病気にせよ祟りにせよ、空白の四日間、俺はどうなっていたんだろう？

これは人に訊《き》けば分かることだ。俺は前を歩くエリの横に並び、声をかけた。

「エリ、ちょっといいか」

「……何？」

「おかしなこと訊くんだけど、俺、ここ最近ちゃんと家にいた？」

はあ？　とエリは高い声を上げた。

「何その質問。自分のことなのに分かんないの？」

「分かんないっていうか、あれだよ、あれ。エリから見てどうだったかなーって、思って」

エリは訝《いぶか》しげに俺を見つめてくる。

おかしなことを言っている自覚はある。でも、急に「四日間の記憶がない」なんて言ったら、それこそ余計な心配をさせてしまう。だから、適当な嘘《うそ》をつくしかなかった。

エリは俺から視線を外し、前を向いたまま言った。

「出かけてることが多かった。家に帰ってこない日もあったし……」

家に帰ってこない日もあった、ということは、大抵は家に帰っていたわけだ。記憶がないだけで普通に生活していたらしい。だがそうなると、いろいろ気になってくる。

「俺はどこに出かけてたんだ？　家に帰ってこないってことは、どこかに泊まってたのか？」

「……東京の水ってさ、なんか脳に悪影響を与えるようなものでも混ざってんの」

「は？　急になんの話だ」

エリがこちらを向く。

「あんた、ここ最近ずっと変だよ。普通そんなこと人に訊《き》かないでしょ。冗談抜きで病院に行ったほうがいいと思う」

「別にそこまで大したことじゃ……」

「大したことだよ。絶対変」

深刻な表情で見つめてくるエリから目を逸《そ》らし、俺は言い訳を探す。

まずいな。結局、余計な心配をかけさせてしまった。

いっそ全部話してしまおうか。気がついたら四日間も日付が飛んでいたと。でも、それを言うと本気で病院に連れていかれそうだし、お祖母《ばあ》ちゃんにも心配をかけそうだ。

……それとも、俺はマジで病院に行くべきなのか？

「二人とも、ここから先は静かにな」

返答に悩んでいると、お祖母ちゃんの声が飛んできた。

通夜会場である公民館の近くまで来ていた。剣道場くらいの広さの平屋だ。いつもは閑散とした門の前に、喪服に身を包んだ大人が列をなしている。

　エリはまだ何か言いたげだったが、列に並ぶと、それきり何も言わなくなった。

　受付を済ませ、奥へ進む。広々とした部屋に入ると、視界の端に、袖島《そでしま》高校の制服を着たあかりを捉えた。

　あかりが袖島高校に進学したことは知っていたが、そこの制服姿を見るのは初めてだった。堤防で会ったときよりも垢抜《あか》けて見える。

　あかりは喪服姿の大人と話していて、声をかけられる雰囲気ではなかった。俺はエリとお祖母ちゃんと同じように、並べられたパイプ椅子《いす》の一つに座った。

　祭壇に目を向ける。

　額縁の中にある顔は、やはり彰人《あきと》のもので、俺は改めて彰人の死を思い知った。

　彰人には、恩があった。

　俺が小学三年生の頃だ。俺が不良っぽい中学生に絡まれて怯《おび》えているところを、近くを通りかかった彰人に助けてもらったことがあった。当時、年齢も体格もその中学生に負けていた彰人だったが、物怖《ものお》じしない態度で食ってかかり、相手を追い払った。その際、彰人と交わしたやり取りは今でも覚えている。

「ビクビクしてる奴《やつ》見てるとムカつく。別に悪いことしてねえんだから、堂々としとけよ」

「でも、相手が怖い人だったら殴られたりするかもしれないし……」

「そのときは手頃な石でもぶつけて、全力で逃げればいいんだよ」

当時はその大胆な返答に面食らったが、後々、彰人《あきと》の言い分は俺にとってある種の心構えとして機能した。

本気でやばくなったら手頃な石をぶつけて逃げればいい。そう考えると、ちょっとやそっとじゃ物怖《ものお》じしなくなった。もちろん、まったく褒められたことではないし、実際にやったことは一度もない。でも、俺はたしかに彰人のおかげで度胸がついた。

彰人が俺をどう思っていたのかは知らない。

それでも俺は、彰人に死んでほしくなかった。


読経、焼香を終えると、喪主である彰人の母親が、挨拶《あいさつ》のため祭壇の前に立った。

彰人の母親は遠目でも分かるほど憔悴《しょうすい》していた。髪は潤いを失い、目はどことなく虚《うつ》ろだ。今にも倒れそうで、挨拶の間、隣にあかりが付き添っていた。

挨拶が終わると、通夜はそこで終了となった。参列者たちは立ち上がり、出口を目指す。俺も席を立った。

参列者に親族から会葬御礼があるらしく、俺とエリとお祖母《ばあ》ちゃんの三人で、受付の前にできた列に並んだ。

順番を待っていると、二人の参列者が話をしながら後ろに並んできた。

「通夜振る舞いはなしか」

「しゃあねえよ。保科《ほしな》さんとこ、働き手が奥さん一人で生活が苦しかったんだろ。それより聞いたか。息子《むすこ》さんの死因、急性アルコール中毒だってな」

「ああ、知ってるよ。たしか昨日、検死が終わったんだっけ……」

急性アルコール中毒。酒の飲みすぎ、だろうか。

そういえば、保健の授業で聞いたことがある。急性アルコール中毒による死亡例の多くは、吐瀉物《としゃぶつ》を気管に詰まらせての窒息死らしい。袖島《そでしま》のスターとまで言われた彰人の最期が、もしそうだったなら、やりきれない。

列が進み、自分の順番が回ってくる。

会葬御礼の手渡しを行っていたのは、あかりと、その母親だった。

俺は形式的な礼を済ませ、あかりから会葬御礼の紙袋を受け取る。

すると、あかりが俺の格好を見て呟《つぶや》いた。

「袖島高校の制服……」

「ああ、これか？　親父《おやじ》のお古だ。首周りが窮屈でなんか落ち着かないんだよな」

「そうなんだ。でも、似合ってるよ……すごく」

念を押すように言うと、突然、あかりの目に涙が滲《にじ》んだ。

彰人のことを思い出したのかもしれない。俺は慌ててポケットからハンカチを取り出し、あかりに渡す。お祖母《ばあ》ちゃんが俺に持たせてくれて助かった。

「その、辛かったらいつでも言ってくれ。俺でよかったら、相談に乗るから……」

ありきたりなことしか言えない自分にうんざりする。だけどあかりは、ハンカチで目元を押さえたまま、小さく頷《うなず》いてくれた。

まだ後ろに参列者が並んでいるので、俺は公民館を出る。

外の空気は冷たかった。夜空は冴《さ》え冴《ざ》えとしていて、まだ冬の気配を近くに感じる。

「帰ろうか」

お祖母ちゃんに言われ、俺は家に向かって歩きだした。

そのとき、背後から駆けてくる足音が聞こえた。振り返ると、あかりだった。

「どうしたんだ？　ハンカチなら今日じゃなくていいぞ」

「違うの。えっと……カナエくんに、伝えたいことがあって」

「伝えたいこと？」

「うん。四月一日から今日までの四日間に起きたこと……いや、それとも、起きること、かな」

一瞬、何を言われているのか分からなかった。

だが「四日間」の意味を理解した直後、俺は飛びかかるようにあかりに詰め寄った。

「何か知ってるのか!?」

ひゃ、と軽い悲鳴を上げ、あかりは肩をビクつかせた。その怯《おび》えるような仕草に、俺は冷静さを取り戻し、ついでに罪悪感に駆られる。

「あ、ご、ごめん。ちょっと、気が逸《はや》った……」

「ううん……大丈夫。でも、ここじゃ全部は説明しきれないから……」

あかりは俺の耳元にゆっくりと顔を近づけ、囁《ささや》くような声で言った。

「明日、夕方五時に廃集落の公園まで来て。カナエくんが知りたいこと、教えてあげる」

あかりは顔を離し「じゃあ、また明日ね」と別れを告げ、小走りで公民館へ引き返した。

呆然《ぼうぜん》とその背中を見つめる俺に、エリが怪訝《けげん》そうに声をかける。

「なんだったの？」

「……俺にも、よく分からない」

エリに聞こえないくらいの声量で「今はまだ」と付け足した。


翌日。朝起きて真っ先に確認したのは、枕の横に置いた携帯だった。

すぐさま携帯を手に取り、日時を見る。

四月六日。朝八時。

俺は枕に顔を埋める。日付は飛んだままだ。残念ながら、夢ではなかったということだ。

昨夜は通夜から帰宅したあと、早々に日常のルーチンをこなし、自室に引きこもった。エリやお祖母ちゃんに、空白の四日間について訊《き》くことはしなかった。心配をかけたくないから、という以上に、あかりが発したあの一言に信頼と疑問を寄せていたからだ。

——カナエくんが知りたいこと、教えてあげる。

俺の身に起こった複雑怪奇な現象を説明してくれるなら、これ以上ありがたいことはない。

ただ、あかりが『空白の四日間』について知っている理由が分からなかった。不明な点は他にもある。あかりは待ち合わせ場所に、廃集落の公園を指定した。そこは俺が、四月一日にあかりと別れてから初めて見つけた場所だ。つまり、俺がその場所を知っていることを、あかりは知らないはずなのだ。

「……分からん」

頭痛がしてきた。昨日ずっと混乱していたせいだろうか。脳も筋肉痛を起こすことがあるのかもしれない。

もう少し頭を休めようと、俺は二度寝を決めた。


正午に目が覚め、俺はお祖母《ばあ》ちゃんと食事を取った。

エリは友人と本土へ遊びに出かけているらしい。少しホッとした。昨夜からエリは俺のことをやけに心配していたから、顔を合わせるとまたあれこれ追及されるんじゃないかと不安だったのだ。まぁ、そもそも心配かけた俺が悪いのだが。

食事を終えると、お祖母ちゃんから「ちょっと手伝ってくれ」と声をかけられた。

「天井裏の整理をしたくてね。重い荷物が多いんで、男手がほしかったんだ」

まだあかりとの待ち合わせには余裕がある。俺は了承した。

収納された梯子《はしご》を使って天井裏に上る。電球で照らされた小さな空間には、雑多にダンボール箱が積まれていて、一つ一つがかなり重そうだった。俺はお祖母ちゃんに従い、指示された荷物を下ろしていく。

じんわりと背中が汗ばんできた頃、誤って段ボール箱を倒してしまった。天井裏の床に参考書がちらばる。

「これ、親父《おやじ》のか」

参考書はすべてIT関連だった。東京でプログラマとして働く親父のもので間違いないだろう。中には手書きのノートも交じっている。たぶん親父の学生時代のものだ。

なんとなくノートの一冊を手に取り、開いてみた。角張った几帳面《きちょうめん》な字が、びっしりとページを埋め尽くしている。読んでいると目が痛くなりそうだ。閉じて箱に戻そうとしたら、赤ペンで囲まれた一枠に目を取られた。そこには、ある専門用語の解説が記されている。


【ロールバック】

コンピュータのデータ更新等において障害が発生した際、今の処理を取り消し、障害発生以前の状態まで復元すること。後進復帰。

「ロールバック……」

なんとなく口に出してみる。カッコいい響きだな、と思った。ＩＴ関連の道に進まない限り、使う機会はたぶん一生ないだろうが。

俺はノートを閉じて、箱に戻した。


午後五時前。

廃集落のなかを俺は走って進む。予想以上にお祖母《ばあ》ちゃんの手伝いが長引いたせいで、あかりとの約束に遅刻しそうになっていた。

迷路みたいな路地を、たまに地面の窪《くぼ》みに足を引っ掛けながら進む。

五時をちょっと過ぎたところで、路地の出口が見えてきた。走るスピードを徐々に落としながら、俺は公園の敷地内に入る。

ひらひらと桜の花弁が舞い散るなか、袖島《そでしま》高校の制服を着た女の子が桜の下に立っていた。まるでシャワーでも浴びるみたいに、目を細めて宙をぼうっと見つめている。

その女の子が保科《ほしな》あかりなのは分かりきっているのに、俺は声をかけられずにいた。息を呑《の》むような幻想的な光景に、我《われ》を忘れて見入っていたのだ。

だから、あかりが俺に気づいて目が合った途端、俺はかなり動揺してしまった。

「来てるんなら声かけてよ」

困ったようにあかりが笑う。

「あ、ああ。すまん。つい、見――」

見とれて。……と、危うく口走りそうになった。さすがにそんなキザなセリフは吐けない。

「み？」

あかりは可愛《かわい》らしく小首を傾げて、次の言葉を催促してくる。

本当のことは恥ずかしくて言えない。どうやって誤魔化そう。み、み……。

「みかん食べてたら、遅れた……」

呆《あき》れるくらい間抜けなセリフだった。

「……そっか。でも、大丈夫だよ。ほぼ時間どおりだし」

あかりは優しく微笑《ほほえ》む。その笑顔はどことなく残念そうに見えた。もしかすると、俺が「見とれて」と続けるのを期待していたのかもしれない。……いや、さすがに考えすぎか。

とりあえず座ろっか、とあかりが提案したので、俺は桜の根の上に腰をかけた。続いてあかりも、スカートを押さえて俺のすぐ隣にちょこんと座る。ふとももが触れ合いそうな距離に、俺はドギマギした。

普段の調子を取り戻そうと大きめに咳払《せきばら》いし、俺は早速本題を切り出す。

「それで、あかりが言っていた『俺が知りたいこと』って一体なんなんだ？」

「うーん、何から話そうかな……逆に、カナエくんは何から訊《き》きたい？」

「な、何から？　そうだな……」

訊きたいことは山ほどある。だがそう言われると、すぐには出てこない。

空白の四日間のこと、あかりがこの場所を待ち合わせに選んだ理由、あとは……。

「なんで、あかりは制服なんだ？」

「あはは。最初に訊きたいことがそれなんだね。そんなに気になる？」

あかりは見せびらかすように、制服の両肩部分をちょんとつまみ上げた。

「ち、ちげえよ。その、あれだ。まずは小さな疑問から解消しておこうとだな……」

どうも調子が狂う。

理由は分かっていた。今日のあかりがやけに大人っぽいせいだ。仕草がいちいち女性らしいというか。何か行動を起こすたび胸の内側を撫《な》でられるような感じがする。

あかりはおかしそうに笑ったあと、ゆったりと話しだした。

「私が制服を着てるのは、お葬式の帰りだからだよ。昨夜のお通夜と違って今日は本土に行ってたの。家に帰ってきてから着替える時間がなかったから、制服のまま来たんだ」

「ああ、そうだったのか……」

冷静に考えれば推測できたことだった。普通、通夜の翌日は告別式が行われる。

ちょっとは考えてから発言しろ、と密《ひそ》かに自戒して、俺は次の質問に移る。

「制服を着てる理由は分かった。じゃあ、あかりはどうして俺がこの場所を知っていると思ったんだ？」

「それはカナエくんが教えてくれたからだよ」

「俺が？　まさか。そんな記憶はないぞ」

「だよね。でも、カナエくんはこれから私に教えることになるんだよ」

「……どういう意味だ？」

意図が読めずに尋ねると、あかりは真面目《まじめ》な表情で問い返した。

「カナエくんは、タイムリープって知ってるよね」

突拍子もない単語が飛び出して、俺は一瞬、言葉に詰まった。

「タイムリープって、あの……未来に行ったり過去に戻ったりするやつ？」

「そう」

「そのタイムリープが、なんなんだ？」

あかりはまっすぐに俺の目を見つめ、はっきりと答える。

「カナエくんは、タイムリープしたの」

「……え？」

すぐには理解できなかった。誰だってそうだろう。「タイムリープしたの」と言われて「なるほどそうだったのか」と納得する人間はまずいない。

けど、あかりが冗談を言っているようには見えなかった。それに、身内の葬儀の直後に、こんな寂れた公園に人を呼んでまで、嘘《うそ》をつくとは思えない。

「信じられない気持ちは分かるよ。私もそうだったから。でも、今は話を聞いてほしい」

私もそうだったから？　ますます意味が分からない。

けど……今はとにかく情報が欲しい。あかりの言うとおり、話だけでも聞いてみよう。

「……とりあえず、話してみてくれ」

そう言うと、あかりは真剣な表情を少しだけ緩《ゆる》めた。

「かなりややこしい話になるけど、頑張って説明するね」

「ああ、頼む」

「じゃあ、まずは確認からだけど、カナエくんは今、四月一日の一八時から、四月五日の一八時までの記憶がなくて困ってるんだよね」

「そ、そのとおりだ！」

なんで知ってるんだ？　と訊《き》きたくなったが、あかりが続きを話そうとしていたので、質問は最後に取っておいた。

「どうしてその間の記憶がないかというと、カナエくんの意識が一日の一八時から、五日の一八時に、タイムリープしたからなんだよ」

「俺の……意識が？」

「そう。ドラえもんみたいにタイムマシンに乗って未来に行ったわけじゃなくて、カナエくんの意識だけが、四日後のカナエくんの身体《からだ》に飛んだような感じ……らしいよ」

俺は少し頭痛を覚える。らしいよ、ってなんだ。急に信憑性《しんぴょうせい》が低くなったぞ。

「その話はあれか？　誰かから聞いた話なのか？」

「うん、さっきも言ったように——いや、これはあとで触れるよ。今は順を追って説明する」

かなりモヤッとするが……あかりがそう言うなら、それに従おう。

「ここまで話したことはカナエくんの現状だね。で、ここから先は、今後カナエくんの身に起こること。大事なところだから、よく聞いてね」

俺は頷《うなず》く。

「いい？　カナエくんは空白の四日間を、これから遡《さかのぼ》りながら体験することになる」

「どういう意味だ？」

「ざっくり言うと、一日進んで二日前に戻る、を繰り返しながら、四月一日の一八時まで遡るの。それで、空白の時間を埋めていくんだよ」

「……ごめん。ちょっと理解が追いつかないんだが……」

「口で説明するの難しいな……ちょっと待ってね」

あかりは近くに落ちていた細い枝を手に取った。それを使って地面に『1日18時』と書き、そこから下に向かって矢印を伸ばす。そして矢印の先に『5日18時』と書いた。

あかりは、矢印を枝で指して言う。

「この『1日18時』から『5日18時』までの間が、空白になっている四日間ね」

「その間をタイムリープですっ飛ばしたから、俺には四日間の記憶がない……んだっけか?」

そうだね、と頷《うなず》くあかり。

今度は、『5日18時』から右に矢印を引き、その先に『6日18時』と書く。そこであかりは、自分の携帯で時間を確認した。

「今から三〇分後……『6日18時』になると、今度、カナエくんは『4日18時』にタイムリープするの」

そう言って、あかりは『6日18時』の下に矢印を伸ばし、『4日18時』と書く。

『5日18時』から、一日進んで『6日18時』へ。

『6日18時』から、二日前に戻って『4日18時』へ。

これが、あかりの言っていた『一日進んで二日前に戻る』ということなのだろう。

規則性が掴《つか》めてきたかもしれない。

あかりは言う。

「それで、『4日18時』からまた一日過ごして、『5日18時』になったら――」

「次は『3日18時』にタイムリープする……のか?」

「そうそう。分かってきたね」

1日18時

5日18時 ⟹ 6日18時

4日18時 ⟹ 5日18時

3日18時 ⟹ 4日18時

2日18時 ⟹ 3日18時

1日18時 ⟹ 2日18時

あかりは時系列の続きを書いていく。

一日進んで二日前に戻るを繰り返しながら、日時と矢印を書き連ね――『1日18時』から『2日18時』に矢印を伸ばしたところで、手を止めた。

「これで空白の四日間は埋まる」

枝を地面に置き、あかりは改まって俺に顔を向けた。

「この現象を、『ロールバック』って呼んでた」

「……ロールバック」

話自体は、なんとなく理解できた。だが聞けば聞くほど、信じられない気持ちが大きくなって、疑問の数も増えていった。

「訊《き》きたいことはたくさんあるが……どうして一八時なんだ？　そもそも、なんで俺はそんなややこしい現象に巻き込まれてるんだ？」

「詳しくは知らないけど……祠《ほこら》の石に触れたのが原因かもしれない、って聞いたよ。一八時なのは、石に触れた時間が一八時だった、ってだけで、時間自体に大きな意味はないと思う」

「祠……」

その存在をすっかり忘れていた。

俺は立ち上がり、桜の樹の後ろにある、祠の中を覗《のぞ》き込む。

亀裂《きれつ》の入った石があった。以前の記憶どおりだ。何も変わっていない。

「でも、分からないな……普通、石に触れただけでそんな現象が起きるか？　起きるにしても、時を遡《さかのぼ》るとかなんとか……いろいろ釣り合いが取れてない気がする」

「……これはカナエくんから聞いた話じゃなくて、私の推測なんだけど」

振り向くと、あかりがそばに来ていた。

「小学校のときにさ、袖島《そでしま》の歴史を習おうって授業で、神社に行ったことがあったでしょ」

「あー……あったような気がする」

小学四年生とか五年生の頃だったか。クラス全員で神社に行って、神主さんの話を聞いた記憶がある。神社の床がやけに冷たかったことを覚えている。

「そのとき聞いた話で、むかし袖島は修行者が試練を受けに来る島だった……っていうのなかった？」

「全然覚えてないけど……もしかして今の状況が俺への試練だって言うのか？」

「ひょっとしたら、そうかも……」

俺は途端にバカらしくなった。

「一体誰に、何を試されなきゃいけないんだよ。わけが分からん。そもそも……ずっと気になってたんだが、どうしてあかりはそんなに詳しいんだ？　ロールバックとか、俺が祠の石に触れたとか、なんでそんなことを知ってるんだ」

疑問が押し寄せるあまり、つい語気が荒くなってしまった。

そんな俺に、あかりはどことなく憐《あわ》れむような視線を向ける。

「カナエくんが教えてくれたからだよ」

「俺が？」

「カナエくんにとってはまだ先の話だけど、ここで話したことは全部、カナエくんが私に教えてくれたことなんだよ」

一言一言、噛《か》みしめるような言い方だった。

俺は眉間《みけん》を押さえ、ゆっくりと息を吐く。

「ちょっと、考える時間をくれ……」


大人はこういうときにタバコを吸うんだろうな、と思う時間だった。

あかりの話を咀嚼《そしゃく》して、ゆっくり飲み込んでいく。

『ロールバック』

知っている単語だった。お祖母《ばあ》ちゃんの家の天井裏で見つけたノートに記されていた専門用語だ。本来の意味とは異なるが『時間を遡《さかのぼ》る』現象に対するネーミングとして考えるなら、不思議としっくり来る。

あかりは今までの話は俺から聞いたものだと言う。だったらそのロールバックという呼び方も、俺がつけたものなのだろうか。

未《いま》だ理解しきれていない事柄は多い。けど、頭を整理したおかげで脳のメモリに余裕ができてきた。

「ごめん。正直、タイムリープも、俺が教えたってところも、ちょっとまだ飲み込めそうにない。けど、嘘《うそ》だとは思ってない。だから、頑張って信じてみるよ」

「そう言ってくれると助かるよ」

あかりは微笑《ほほえ》んだ。その優しい表情を見て、俺はホッとした気持ちになる。

「……にしても、やなタイミングで厄介なことに巻き込まれちまったな。俺は帰省中だし、あかりも彰人《あきと》の葬儀やらで忙しいっていうのに――」

そこまで言って、パチ、と頭の中で何かが嵌《はま》ったような感じがした。

ロールバック。

彰人の死。

そして、時間を遡る――。

「……えっと、あかり。彰人が亡くなったのって、いつだっけ？」

「四月二日の、午前〇時から二時の間、だね」

まるでその質問を待ち構えていたかのように、あかりはよどみなく答えた。

四月二日の午前〇時から二時の間。

俺がこれから埋めていく空白の四日間は、一日の一八時から、五日の一八時の間だとあかりは言った。彰人《あきと》が死んだ日時と被《かぶ》っている。

つまり……もし、あかりの話が本当なら。

「彰人の死を、阻止できるんじゃないか……？」

「……そうだね」

あかりはふっと視線を落としたあと、顔を引き締めて、また俺に目を合わせた。

「カナエくんに……お兄ちゃんを、救ってほしい」

はっきりとそう言った。

俺は面食らってしまう。俺はまだロールバックについても、時間を遡《さかのぼ》る点についても、半信半疑……どころか八割方は疑っている。そんな状態で彰人を救ってくれと頼まれても、すぐに「はい」とは応えられない。

ただそれでも、無理だ、とは言えなかった。ロールバックの真偽はともかく、彰人を亡くして間もないあかりを突き放すような真似《まね》はしたくなかったし、あかりの表情は真剣そのものだった。

だから、こう答える。

「……分かった。できる限りのことは、やってみる」

あかりは強く頷《うなず》いた。

「死亡推定時刻は、さっき言ったよね。四月二日の午前〇時から二時の間。お兄ちゃんは急性アルコール中毒で亡くなって、遺体はタバコ屋裏の空き地で見つかったの」

「タバコ屋……あそこか」

袖島《そでしま》にタバコ屋は一つしかない。狭い路地で営業している、隠れ家みたいな小さな店。場所は把握している。

「彰人はどうしてそんなところにいたんだ?」

「警察の人は、空き地で用を足してたんじゃないか、って言ってた。近くにそういう痕跡《こんせき》があったらしいから……」

言いづらそうに説明するあかり。少し悪いことを訊《き》いてしまった。

しかし、ロールバックの話が本当なら、彰人を救うのはそう難しくないはずだ。その日、彰人に酒を飲ませなければいいだけなのだから。それに、死ぬ場所と時間も分かっている。

思い返せば、小学生のときに助けてもらった恩を、俺はまだ彰人に返せていない。

もし、本当に過去に戻れるなら……俺にしかできないなら、彰人を、救ってやりたい。

「カナエくん。そろそろ時間だよ」

あかりが自分の携帯を見て言った。俺も同じように時間を確認する。

一七時五七分。あかりの話が正しければ、あと三分でロールバックが起きる。

「ええと、たしか、次は四月四日の一八時に意識が飛ぶんだよな」

「うん。たぶん」

「たぶんかよ」

「何度も言うけど、ここまでの説明は全部カナエくんから聞いた話だから、確証はないよ」

「ああ……まぁそうか」

そう言われると追及できない。

「……でも、きっとロールバックは起こるよ。少なくとも、以前の私にはそう見えたから」

あかりはしみじみと言った。

そのとき、びゅお、と風が吹いた。

少し遅れて、桜の花弁が無数の蝶《ちょう》のように舞い降りてくる。オレンジ色の夕焼け空に、桃色の花弁がよく映えた。

ここの桜は本当に綺麗《きれい》だ。しばらく無心に眺めていると、何やら嗚咽《おえつ》のような声が聞こえて、俺は隣を向いた。

あかりが、顔を手で覆って肩を震わせていた。手の隙間《すきま》からしゃくり声が漏《も》れている。嗚咽のような、ではなく、正真正銘、嗚咽だった。

泣いている。それも、明らかに花粉症の泣き方じゃない。

「あ、あかり？　大丈夫か？　気分が悪いのか？」

「……んぐっ、ち、違うの……わ、私は……」

「ど、どうしたんだよ急に……」

泣いている理由が分からず混乱していると、夕方六時のグリーンスリーブスが流れ始めた。哀《かな》しげなメロディが、俺の不安を加速させる。

「……カナエくん……」

あかりは顔を上げ、今もぼろぼろと涙が溢《あふ》れ出す目を、まっすぐ俺に向けた。そして、嗚咽を押し殺し、絞り出すように言った。

「私は、カナエくんに任せる。だから……過去の私を、お願い——」

間章（二）

カナエくんと二人でいた小学生時代の記憶はどれもが鮮やかで、思い返すたび、私は素敵な絵本を捲《めく》るような気分になれる。

たとえば、私たちが小学二年生だったその日は、七月にしては涼しかったことを覚えている。

私はいつもと同じようにカナエくんと一緒に下校して、堤防に座って放課後の暇を潰《つぶ》していた。神社で野良猫を見つけたとか、クラスのあの子が教室にゲーム機を持ち込んでいたとか、図書室で借りた本の感想とか。そんな他愛《たわい》のない話を、日が暮れるまで続けるのだ。

その日のカナエくんは、やけに熱っぽく話していた記憶がある。

「俺、この前さ。中学生に絡まれてたら、あかりの兄ちゃんに助けてもらったんだ」

「え、そうなの？」

「うん。あかりの兄ちゃん、すげえカッコよかった。喧嘩《けんか》強くて、野球もうまいし。憧《あこが》れる」

「ふうん……」

お兄ちゃんは私にしょっちゅう意地悪してくるから苦手だったけど、カナエくんの話を聞いて、悪い気はしなかった。むしろ、素直にお兄ちゃんのことを誇らしく思ったものだ。

「俺も、彰人《あきと》みたいになんか特技がほしいな」

「……カナエくんは、そのままでいいと思う」

「えー、そうか？　俺もスポーツとかで才能を発揮したいけどな」

カナエくんはしばらく「なんかないかなー」と唸《うな》ったあと、私のほうを向いて言った。

「あかりはいいよな。水泳っていう特技があるし」

「別に、特技ってほどじゃないよ……」

「でもこの前、クラスで一位だっただろ。普通にすごいって」

「うーん、そうかなぁ」

水泳はたしかに得意だったけど、地黒の肌を晒《さら》すことになるので、少し苦手だった。

でも、カナエくんに褒められたのが嬉《うれ》しくて、私は「なら、ちょっと頑張ってみようかな」

という気持ちになったのだ。

夏休みになり、私は思い切って小学校のプールでやっている水泳教室に通うことにした。練習は思いのほか厳しかったけど、タイムは着実に縮んでいった。

夏休み最後の日になると、先生から「本土のスイミングスクールに通ってみないか?」と提案された。「保科《ほしな》には才能がある」と太鼓判を押され、「親と相談してみてくれ」とも。

スイミングスクールに通うことに憧れはあった。広々とした綺麗《きれい》なプールで思いっきり泳げたら、すっごく気持ちいいだろう。けど、無理だろうな、と諦《あきら》めていた。この頃からすでに私は、自分の家の経済状況が芳《かんば》しくないことを理解していた。

私が五歳のとき、お父さんを事故で亡くしてから、お母さんは一人で私とお兄ちゃんを養っている。昼はスーパーでレジを打ち、夜はスナックでお酒を作る。私がさらに幼い頃は、お母さんは睡眠が必要ない人間なんだと本気で思っていた。それくらいお母さんは、一日の大半を労働に費やしていて、今でも私は、お母さんがいつ寝ているのかよく知らない。

これ以上、お母さんに負担をかけたくない。だからスイミングスクールのことは、言わないでおこう。そう決めていたのに……。

「あかりちゃんには水泳の才能があります。ぜひスイミングスクールに通わせるべきですよ」

三者面談で、先生がお母さんに言ってしまった。

私のお母さんは優しくて、ちょっと押しに弱いところがある。だから先生の話を聞いて「なら、ぜひそうしましょう」となってしまった。

それで結局、私はスイミングスクールに通うことになった。

断ろうと思えば断れたはずだ。たとえば、「水泳はしんどいからやりたくない」とか「一人で本土に行くのは心細い」とか言っておけば、家に負担をかけずに済んだ。

それでも私がそうしなかったのは、やっぱり、多少無理を強《し》いてでも、スイミングスクールに通いたかったからなのかもしれない。

スイミングスクールに通い始めてからは、受講料と船の交通費を無駄にしないためにも、私は必死で練習に取り組んだ。その結果、小学六年生になる頃には、市の大会で優勝するほど泳ぎが得意になっていた。

学校の全校集会で表彰され、同級生からは注目を浴び、それに従って友達も増えた。運動神経の良し悪しが人の価値基準となる小学校において、私はクラスの人気者だった。もう、私のことをバカにするクラスメイトはいなかった。

お母さんに経済的な負担をかけている罪悪感さえ忘れてしまえば、毎日が幸福だった。みんなが私を称《たた》えてくれた。でも、何より嬉《うれ》しかったのは、カナエくんの「あかり、めっちゃすごいな」の一言だ。それだけで、私はもっと頑張ろうと思えた。

「まぁ、俺は元々、あかりに水泳の才能があるって知ってたけどな」

小学校からの帰り道、カナエくんが自慢げにそう言った。

「そうなの？」

「ああ。やっぱ俺には人を見る目があるんだなーって」

「へー、すごい」

「本心から言ってないだろ」

あはは、と私は笑った。

すごいかどうかはともかく、私はカナエくんに感謝していた。そもそもあの日、カナエくんが褒めてくれなかったら、私が本格的に水泳を始めることはなかっただろうから。

「ありがとね、カナエくん」

「なんだよ、急に」

「私のこと、ちゃんと見てくれてる。それがすごく嬉しい」

改めて私がお礼を言うと、カナエくんは顔を赤らめて「大したことねえよ」と呟《つぶや》いた。

この時間がずっと続けばいいのにな、と私は思っていた。

第三章

4月4日 18時

——意識が切り替わる。

ハッと顔を上げ、眼前に広がったのは大量の人。甘いやら辛いやら、いろんなものが入り混じった香ばしい匂《にお》いが鼻をつく。そして耳に飛び込んできたのは、絶え間ない雑踏と、遠くで流れるグリーンスリーブスのチャイム。

ついさっきまで目の前にいたあかりの姿はない。以前の、廃集落から堤防に移動したときと同じだ。一瞬ですべてが切り替わった。あかりの説明を聞いて心の準備はしていたが、それでも動揺は避けられなかった。

「マジか……」

愕然《がくぜん》とするなか、直前に見たあかりの泣き顔が、残像のように脳裏に残っていた。

あかりは、一体何に対して悲しんでいたのだろう。彰人《あきと》の死を思い出したのか、俺が無意識にデリカシーのない発言をしてしまったのか、それとも他に理由があるのか……。

気がかりだが、過去ではなく今の状況に目を向けるべきか。あかりの説明がたしかなら、今は四月四日の一八時のはずだ。

携帯で時刻を確認しようとしたら、突然、にゅっと俺の目の前に男が現れた。

赤ら顔の中年男性だ。本当に、突然現れた。横から飛び出してきた、とか、背後からやって来た、とかではなく、下から出てきた感じだ。まるで、俺のすぐそばに座っていて、いきなり立ち上がったように。

「おい、何ぼけっとしてんだ」

男の目は吊《つ》り上がり、額《ひたい》に青筋が浮いている。何やら怒っているようだが……誰だ、この人。全然知らない人だ。

「ええと……俺になんか用、ですか？」

「ああ⁉」

男が吠《ほ》える。酒臭い。こいつ、酔っぱらいか？

「喧嘩《けんか》売ってんのか、この野郎。舐《な》めやがって」

男が詰め寄ってきた。俺は慌てて距離を取る。

「ま、待ってください！　事情が分からないのですが……」

男はろれつの回らない罵声《ばせい》を返してくる。ダメだ、話が通じない。

一体どうしてこんなことになっているんだろう。あかりが泣いていることに焦っていたら、急に人混《ひとご》みの中に意識が飛んで、知らない男に絡まれる。状況の変化があまりにも激しい。混乱しそうになる。

今はとにかく、この状況をどう切り抜けるかを考えよう。

おそらく、相手は相当酔っている。全力で逃げ出せば振り切れるだろう。しかし事情も分からずこの場を離れてしまうのは、どうも後味が悪い。かといって冷静に話し合える雰囲気でもなく……というか、今にも殴りかかってきそうだ。悠長に考えている暇はない。

　仕方ない、逃げよう――と一歩後ずさったそのとき、俺と男の間に、金髪の若い女性が割って入った。

「はいはい！　ストップ！　なんかありました？」

　金髪の女性は男に向き合い「まぁまぁ落ち着きましょう」「他の人も見てますから」「とりあえずお水でも飲んで」などと、慣れた様子で宥《なだ》めすかす。よくそんなにスラスラと言葉が出るものだな、と場違いに感心していたら、ちらりと女性が俺のほうを見た。

「ここは私がどうにかするから、君はもう帰りな」

「えっ、でも……」

「いいから。手伝ってくれたお礼だと思っといて」

　ここに居座っても、かえって迷惑をかけてしまいそうだ。赤の他人に厄介事を押し付けるようで気は進まないが、元から逃げるつもりだったし、お言葉に甘えるとしよう。

「分かりました、ありがとうございます」

　軽く頭を下げ、俺は早足でその場を去る。

　人混《ひとご》みの中を進むうちに、自分がいる場所と、やけに人が多い理由が分かってきた。

　ここは袖島《そでしま》神社の境内だ。そして参道脇《さんどうわき》に並ぶ出店と、この人混みから察するに、今日は年に一度の袖島のお祭り、大漁祭なんだろう。だが、どうして俺が大漁祭に来ているのかが分からない。こういった人で賑《にぎ》わう行事は苦手で、普通なら訪れないはずだが。

それに、あの金髪の女性は誰だったんだろう。どこかで見た気がする……酔っぱらいに気を取られて、顔をよく確認できなかった。あと「手伝ってくれたお礼」とも女性は言っていた。俺は、何かを手伝っていたのか？

相変わらず分からないことばかりで嫌《いや》になる。複雑な仕事を引き継ぎなしでポンと任されたみたいだ。自分のことだから投げ出すわけにもいかないし……。

とりあえず、時間の確認だけでもしておくか。

歩きながらズボンの右ポケットに手を突っ込む。予想どおりというか当然というか、携帯が入っていた。ここに携帯をしまうのは、どの時間の俺にも共通している習性のようだ。

今の日時を見る。

四月四日、一八時〇五分。

四月六日からちょうど二日前に戻っている。あかりの話は本当だった。

「ロールバック……」

自分でも意外なほど冷静に現実を受け止めることができた。何かと慌ただしい状況が続いたせいで、脳が麻痺《まひ》しているのかもしれない。混乱するよりマシだ。

携帯をしまい、俺は自宅に向かった。

帰宅したら最初にすることは決めていた。情報収集だ。

居間に入ると、ちゃぶ台で勉強に勤《いそ》しむエリを見つけた。都合がいい。俺は声をかける。

「エリ、ちょっと訊《き》きたいことがあんだけどさ」

ちら、とエリは俺を一瞥《いちべつ》して、またノートに視線を戻した。

「ちょっとなら、別にいいけど」

「助かる。じゃあ早速なんだけど、俺は今日、どこに行ってたと思う?」

エリは顔を上げて、不可解そうに俺を見た。

「何それ、なぞなぞ?」

「直感で答えてくれ」

「……どこって、大漁祭でしょ」

「正解だ。さすがだな。じゃあ、俺がなんのために大漁祭に行ってたか分かるか?」

「なんか、出店の手伝いしてたんでしょ。あんたからそう聞いたけど……」

なるほど、俺は出店の手伝いをしていたのか。となると、俺を庇《かば》ってくれた金髪の女性は、俺が手伝っていた出店の関係者なのだろう。どうして手伝う羽目になったかまでは分からないが、俺が大漁祭にいた理由はおおよそ理解できた。

率直に訊くと怪しまれるからクイズ形式にして正解だった。これならスムーズに進む。

「全問正解だ。つっても二問しかなかったけど。ともかく、付き合ってくれてありがとな」

礼を言って、俺は居間を出る。その際、エリが小さく「変なの」と呟《つぶや》くのが聞こえた。

自室の椅子《いす》に腰を下ろし、俺は勉強机の引き出しから適当なノートとペンを取り出す。机の上にノートを広げ、紙面にペンを走らせた。

あかりがロールバックの説明を行う際、地面に描《か》いた図を、俺はノートに再現してみた。祭り会場でちょっとゴタゴタしたせいで、あかりの話が頭から飛びかけていた。だからこうして、おさらいしている。

一日進んで二日前に戻る、を繰り返しながら、日付と矢印を交互に書き込む。『1日18時』から『2日18時』に矢印を伸ばしたところで、俺はペンを置いた。

よし、これで完成。大丈夫だ。ちゃんと理解できている。

「……あ、そういえば」

自分の描いた図を見つめていると、過去に抱いた疑問が蘇《よみがえ》った。

たしかあれは、彰人《あきと》の通夜へ行く途中だったか。あのときは近くにいたエリに訊いたのだ。

『1日18時』から『5日18時』までの空白の時間を、俺がどう過ごしていたのか——と。

タイムリープしたのは俺の意識だけで、身体《からだ》は正常に時を歩んでいる。つまり、ロールバックによって生じた空白の時間は、記憶がないだけで、俺はすでに体験しているのだ。

俺は携帯を手に取った。空白の時間を自分がどう過ごしていたのか——手がかりを探して何気なくメモ機能を開くと、入力した覚えのないメモを見つけた。

・四月二日　一八時三〇分　タバコ屋裏の空き地にて彰人《あきと》の遺体を発見　通報する
・彰人の死亡推定時刻　四月二日の〇時から二時頃
・四月一日　二一時頃　居酒屋『飛鳥《あすか》』に彰人が入店　〇時頃に泥酔して退店

「なんだ、これ」

彰人の死の詳細……だろうか。俺があかりから聞いた話の内容が、入力されている。それどころか、俺が知らない情報もあった。

しげしげと文面を眺め、二回ほど読み直したところで、気づいた。

「——あ！」

そうか。このメモは、まだ俺が体験していない『1日18時』から『4日18時』の間に俺が入力したものだろう。未来——日にちでいえば過去の俺が、今の俺に情報を残そうとして。だとするなら、俺の知らない情報が記されていることにも説明がつく。

だがそうなると、メモの正誤が気になってくる。あかりから聞いた情報はともかく、他のものはどうなんだろう。

たとえば、一つ目の『タバコ屋裏の空き地にて彰人の遺体を発見　通報する』という記述。

タバコ屋裏の空き地で遺体が発見されたことはあかりから聞いていたが、誰が発見して通報したかまでは知らない。俺の携帯にメモがあるということは、自分が第一発見者なのだろうか。

もし俺が通報したなら、携帯に履歴が残っているはず。

早速、履歴を開いてみた。

履歴

保科あかり	昨日	19:56
保科あかり	昨日	18:35
保科あかり	昨日	17:32
父	月曜日	22:24
自宅	月曜日	19:15
119	月曜日	18:30
自宅	日曜日	23:07
保科あかり	日曜日	21:06
保科あかり	日曜日	21:05
自宅	日曜日	18:29

四月一日の一八時以降の通話記録だ。月曜――四月二日の一八時三〇分に、119番にかけた形跡がある。メモに記されている遺体の発見日時と合致している。

携帯のメモは正しいと見て間違いなさそうだ。ただ、あかりとの通話回数の多さが気になった。特に『昨日』が多い。昨日は……四月三日か。会う約束でもしていたのだろうか。とにかく。これで彰人《あきと》の死の詳細について調べる手間が省けた。

あとは、空白の時間を俺がどう過ごしていたか、だが……。

「ま、誰かに訊《き》けばいいか」

エリやお祖母《ばあ》ちゃんに尋ねれば、すぐに判明するはず。

思考がまとまったところで、階下から「ご飯！」とエリの呼びかける声がした。もう夕食の時間が来ていた。

俺は椅子《いす》から立ち上がる。そのとき、左のポケットに違和感を覚えた。何かが入っている。

ポケットに手を突っ込むと、中に入っていたのは折りたたまれた千円札だった。

大漁祭の出店で何か買うつもりだったのだろうか。俺は取り出した千円札を財布にしまい、一階に下りた。

「お祖母ちゃん、ちょっといい？」

夕食後、台所で洗い物をするお祖母ちゃんに声をかけた。

なんだい、とお祖母ちゃんは手を動かしながら、振り向かずに返事をする。

「袖島《そでしま》に帰ってきてから、俺がどんなふうに過ごしてたか覚えてる？」

最初はエリに声をかけようとしたのだが、何度も妙な質問をすると怪しまれるので、お祖母ちゃんに訊くことにした。

エリと違って寛容なお祖母ちゃんなら、あからさまに怪しまれたり心配されることはないだろう、と踏んでいたのだが、お祖母ちゃんは訝《いぶか》しげに「はあ？」と声を上げて振り向いた。

「どんなふうに、って。ずいぶん大ざっぱな質問だね」

言われてみればそのとおりだ。ちょっと漠然としすぎた。日にちを絞るか。

「えーと、じゃあ、四月一日。俺が帰省してきた日だな。その日は、どんな感じだった？」

「そう言われてもねえ……たしか、エリと喧嘩《けんか》してたっけ」

それは把握している。俺が知りたいのは、一八時以降の話だ。

「その後は？　喧嘩して、家を飛び出してからは」

「また妙なこと訊くね。自分のことだろう」

「まぁ、そうなんだけど……ただの確認だよ。お祖母ちゃんがどこまで知ってるかな、って」

「喧嘩したことしか知らないよ。あんた、その日は家を飛び出したっきり、帰ってこなかったじゃないか」

「帰ってこなかった？」

「友達の家に泊まるって電話で言ってただろ。どうして言った本人が覚えてないかね」

電話……たしかに四月一日の夜、お祖母《ばあ》ちゃんの家に電話をかけた記録があった。『自宅』と表示されていたのがそうだ。親父《おやじ》の家に固定電話がないので、自宅の登録先がお祖母ちゃんの家のままになっているのだ。

しかし……友達の家に泊まる？

俺が寝床を貸りるような友達は袖島《そでしま》にいない。東京にも。というか友達自体ほとんどいないのだ。あかりとはそれなりに親しいが、女の子の家に泊まるとは考えにくい。

じゃあ、俺はどこに泊まっていたんだ？

「結局、誰の家に泊まってたんだい？　エリも不思議がってたよ」

先に問われてしまった。というか、お祖母ちゃんどころかエリも知らないのか。

「それは……そのうち教えるよ」

「そのうちぃ？　あんた、人に言えないような友達の家に泊まってたんじゃないだろうね」

「いや、そういうわけじゃない……と思うけど」

「自信なさげだね。もしかして厄介事にでも巻き込まれてんのかい？　もしそうだったらちゃんと言うんだよ。あたしじゃなくても、父ちゃんに相談するとか……」

「あー、うん。分かってるよ。ほんと、そのうち教えるから。じゃ」

話がこじれそうなので台所を去ろうとしたら、「風呂《ふろ》、沸《わ》いてるから先に入りな」とお祖母ちゃんに言われ、俺はそのまま風呂場へ向かった。

心の中で、モヤモヤした疑問が雨雲のように広がっていた。


風呂を済ませ、自室に戻る。

四月一日の夜、俺はどこに出かけていたのか——入浴中も考えていたが、一向に答えは出なかった。俺が友達の家に泊まるなんて、今までなかったことだ。それも家出中に外泊とは……。

お祖母ちゃんの家に帰れない、よほど大きな理由があったのだろうか。

四月一日は、彰人《あきと》が死んだ日でもある。ひょっとして、俺が外泊したことと、彰人が死んだことに何か関係があるのか……？

いや、それは考えすぎか。でも、誰の家に泊まったかは、はっきりさせておいたほうがいいだろう。疑問を抱《かか》えたまま、彰人が死ぬ四月一日を迎えたくない。

まぁ、このまま時間を遡《さかのぼ》って四月一日にたどりつく確証はないのだが……今は「戻れる」と信じて行動を起こすしかない。明日になったら、適当に聞き込みでもしよう。

布団《ふとん》に潜ろうとベッドに向かう。そのとき、机の上に置かれたノートが目に入った。

何気なくノートを捲《めく》ると、ちょうどロールバックの時系列図を描いたページだった。俺は図を眺め、ふと疑問を覚える。

「そういやロールバックっていつ終わんのかな……」

『2日18時』にたどりついたら一応すべての空白は埋まるが、そのあとは……。

別に、今考えなくてもいずれ分かることか。今日はさっさと寝よう。エリの言っていた、出店の手伝い？　のせいか、やけに身体《からだ》が疲れている。手伝いをした記憶がなくても、身体はちゃんと覚えているようだ。

ノートを棚にしまい、布団《ふとん》に潜る。そしたらあっという間に眠りに落ちて――。


携帯のバイブ音に起こされた。

寝ぼけ眼《まなこ》を擦《こす》りながら携帯を手に取り、画面に目の焦点を合わせる。そこには『保科《ほしな》あかり』と表示されていた。

「あかり……？」

俺は電話に出る。

「もしもし」

『あ、カナエくん？　ごめん、こんな時間に電話しちゃって。寝てたよね』

「ああ、寝てたけど……今、何時だ？」

『一時だね。午前、一時』

道理で眠いわけだ。こみ上げてくる欠伸《あくび》を噛《か》み殺し、俺は言う。

「こんな時間にどうした。なんか用か？」

『用ってほどでもないんだけど、その……』

ごにょごにょと小さな声。スピーカーに耳を押し付けたが、聞き取れない。

「すまん、よく聞こえないんだが……」

『えっと……今から、会えないかな？』

「今から？　今って……夜中だろ？」

『うん……』

子犬が鳴くような弱々しい相槌《あいづち》が返ってきた。

俺が知るあかりは、こんな時間に電話してこないし、ましてや会おうなんて言わない。それでも、現にそうしているのは、何かあったからかもしれない。

あかりのことが心配になって、俺は二つ返事で了承した。

「分かった、会おう。場所はどうする？」

『いいの？　……じゃあ、中央公園で。今から二〇分後に』

中央公園。内陸のほうにある小さな公園だ。袖島《そでしま》で公園といったら、普通は廃集落のほうではなく中央公園を指す。

「了解。じゃ、またあとで」

『うん。またあとで』

通話を切る。

ベッドから起き上がり、寝間着からパーカーに着替える。中央公園までは歩いて一〇分もかからないが、一応、早めに家を出よう。

エリとお祖母《ばあ》ちゃんを起こさないよう忍び足で廊下を渡り、勝手口の扉を静かに開けた。

冷たい夜風が頬《ほお》を撫《な》で、眠気にまみれた頭が冴《さ》えていく。外は絶え間なく風が吹いている。

俺は身体《からだ》を温めようと、小走りで公園に向かった。島内は急な坂道が多いので、よほど急ぐ場合を除いて、基本的に移動は徒歩となる。まぁそもそも、俺が使っていた自転車は上京するときに廃棄したので、エリに借りる以外、歩くか走るしかないのだが。

た、た、た、とテンポよく地面に触れるスニーカーの音が、やけに大きく聞こえる。この季節、夜の袖島《そでしま》は本当に静かだ。東京では鳴り止《や》むことのなかった車の排気音も、袖島では夜になるとぱたりと止《や》む。といっても、たまに不良連中が原付で暴走して喧《やかま》しいこともあるが。

などと考えているうちに、公園に着いた。

あかりはまだ来ていない。街灯に照らされた公園のポール時計に目をやると、約束した時間より一〇分近く早かった。

俺はベンチに座る。ひんやりした感触が、小走りで火照った身体から体温を奪っていく。

「……さむ」

ぶる、と身震いする。もっと厚着してくればよかった。

誰かを待つ時間は、想像力が嫌《いや》に働く。

こうして先に公園へ来てしまったが、あかりを家まで迎えに行くべきだったかもしれない。ど田舎とはいえ夜道は危険だ。変質者がいるかもしれないし、暗くて足元が見えにくい場所もある。夜に女の子と会った経験がないせいで配慮が足りなかった。

今からでも電話をかけて迎えに行ったほうがいいかもしれない、と考えてポケットから携帯を取り出そうとしたら、公園の出入り口に人影を見つけた。あかりだ。

俺は即座に立ち上がり、名前を呼んだ。すると、あかりもこちらに気づいて駆けてきた。

「ごめん、待った?」

「いや、今来たとこだ」

あかりの姿が街灯に照らされた。ゆったりした厚手のカーディガンを着て、余った裾《すそ》を小さな手でぎゅっと握っている。

夜にあかりと会うのはなんだか新鮮で、少しだけ胸が昂《たかぶ》るのを感じた。

「ごめんね、こんな時間に呼び出して」

「いいよ。それより――」

何かあったのか、と訊《き》こうとした瞬間、不意に、廃集落の桜の下で見たあかりの泣き顔が、目の前のあかりと重なった。

グリーンスリーブスが鳴り渡り、桜が舞い散るなか、嗚咽《おえつ》を漏《も》らして泣きだしたあかり。

あの涙の理由が気になり始め、俺はあかりに尋ねる。

「あかりは、あのときどうして泣いてたんだ？」

「え……？　それ、いつのこと？」

あかりは怪訝《けげん》そうに俺をじっと見つめてくる。

「忘れたのか？　ロールバックの直前に――」

そこまで言って気づいた。

あかりが桜の下で泣いていたのは、四月六日の出来事だ。今、この時間のあかりが知らないのは当然だった。

「あー、す、すまん。今言ったことは忘れてくれ。ちょっとまだロールバックの仕組みを飲み込めてなくて……」

「ああ、そういうこと……。たしかに、ややこしいよね」

「まったくだよ。あかりがロールバックの説明をしてくれなきゃ、今も混乱しっぱなしだったと思う」

「私が？　説明？」

あかりは首を傾げた。

「ああ。昨日……じゃなくて、ええと、四月六日か。その日に、廃集落の公園で」

「ふうん……そうなんだ」

あかりは神妙な顔で相槌《あいづち》を打つ。

ロールバックの説明をした記憶のないこの時間のあかりにとっては、たしかに奇妙な話に聞こえるだろう。気持ちは分かる。

「ところで、こんな時間に会いたいなんて何かあったのか？」

「何かあったってわけじゃないんだけど……その、ちょっと眠れなくて」

「それは……どうして」

俺が問うと、あかりは視線を下げ、自分の胸に握りこぶしを当てるような仕草をした。

「なんか、目をつむるとね。大切な人が遠くに行ったり、私のことを嫌いになったり……そういう、嫌《いや》な想像ばかりしちゃうの。それが、辛くて」

抽象的な悩みだったが、あかりの切迫した表情を見ると、何も追及できなかった。

あかりの言う「大切な人」というのはよく分からない。おそらく、彰人《あきと》の死で神経質になっているのだろう。

詳しい事情は知らないが、眠れないほど、さらに深夜に俺を呼び出すほど悩んでいるなら、俺は、あかりの幼馴染《おさななじみ》として力になるべきだ。

「分かった。じゃあ、なんか話でもするか」

俺は笑ってみせる。するとあかりも、安堵《あんど》したように顔を綻《ほころ》ばせた。

「……ありがとう、カナエくん」

「いいよ。たまにはこういうのも悪くないしな」

　早速、俺は適当な話題を用意する。

「あかりは今日、なんかやってたのか？」

「今日は……私は、特に何もしてないかな。お母さんは、お兄ちゃんのことで電話でいろいろやり取りしてたけど」

「やり取り？」

「なんか、大学病院の先生？　からお兄ちゃんのことで説明を受けてたみたい」

「ふうん……大学病院か」

　すでに彰人《あきと》が亡くなっている以上、治療目的で大学病院に運ばれたわけではないだろう。となると考えられるのは……司法解剖。

　俺は唇《くちびる》を噛《か》む。生々しい想像をしてしまった。

　もっと明るい話をしようと他の話題を探す。すると、ひゅるる、と冷たい風が吹いた。俺は自分の二の腕を擦《さす》る。

「ここはちょっと冷えるな……。場所、変えるか」

　東京ならファミレスなりファストフード店なりが点在するが、袖島《そでしま》にそんな店はない。夜遅くまで営業している店といえば、居酒屋かスナックくらいのものだ。だが、未成年の俺たちでは入店を拒否されるだろう。

　どこかいい場所がないか考えていると、あかりが口を開いた。

「……空調はないけど、屋根があって風の当たらない場所なら知ってるよ」

「へえ、どこだ？」

あかりは平然と答える。

「袖島高校」


校門を乗り越えて、誰もいないグラウンドのど真ん中を二人で横断する。

身を潜める素振り一つ見せず、堂々と前を歩くあかりに、俺は小さく声をかけた。

「な、なぁ。これって、ちょっとまずいんじゃないか」

「大丈夫。うちの学校、見回りの人一〇時で帰っちゃうから。見つかる心配はないよ」

「マジかよ、不用心だな……って、バレるかどうかの心配じゃなくてだな。こういうのは法律的によろしくないと……」

あかりは足を止めて振り返り、上目遣いで俺を見た。

「じゃあ、違うとこにする……？」

う。そんな目で見ないでほしい。

「分かった分かった……ここでいいよ。別に困る人もいないし」

ぱぁ、とあかりは破顔する。

「じゃあ、行こう」

あかりはそのまま回れ右して校舎を目指した。

仕方ない。ここはあかりについていこう。

グラウンドを抜け、俺たちは校舎に沿って歩く。

校舎を半周したところで、あかりはくもりガラスが嵌《はま》った窓の前で足を止めた。そこで何をするのかと思いきや、急に窓を掴《つか》んでガタガタ揺らし始めた。

「何やってるんだ？」

「え？　鍵《かぎ》、開けてるんだけど」

「そんなんで開くのか？」

「知らなかったの？」

知ってるわけないだろ、と思いながら首を傾げていると、あかりが「あ」と声を上げた。

「そっか。この時間のカナエくんは、まだ知らなかったんだ……」

一瞬、頭に疑問符が浮かんだが、すぐに理解した。

あかりの口ぶりから察するに、俺がまだ体験していない時間にこの鍵の話をしたのだろう。なら俺が知らなくても不思議ではない。

あかりは「ごめん、うっかりしてた」と申し訳なさそうに言って、説明した。

「ここ、クレセント錠なんだけど、歪《ゆが》んで半分までしか鍵がかからないの。だから、こうして揺らしながら横に力を入れたら……」

窓が開いた。あかりは自慢げに俺を見る。

「ね？」

「ははぁ。勝手知ったる、ってやつだな」

「二年も通ってますから」

あかりは窓に身を乗り上げ、中に入る。空き巣みたいで気が引けたが、俺も後に続いた。

中は女子トイレだった。無人とはいえ少し恥ずかしくなって、慌てて廊下に出る。

「うわ……結構雰囲気あるな」

静まり返った廊下は、小さな声でもよく響いた。

月明かりのおかげで完全な暗闇《くらやみ》ではないものの、それでもかなり暗い。奥のほうに目をやると、非常ベルの赤いランプが妖《あや》しく浮かんでいた。

廃集落を一人で散策する程度には恐怖耐性のある俺だが、結構ビビッてしまっている。だがその半面、ワクワクしている自分もいた。思えば、夜の学校に侵入するのは初めての経験だ。

廊下を少し進んで、俺はあることに気づく。

「あ、やべ。俺、土足だ」

慌てて靴を脱ごうとしたら、遅れて女子トイレから出てきたあかりが、声をかけてくる。

「うちは元々土足だから大丈夫だよ」

「あ、そうなのか。袖島《そでしま》高校に入るのは初めてだから知らなかったな」

「だよね。案内したげるよ」

ついてきて、と言ってあかりが前を歩く。その歩調から怖《おそ》れは感じられず、むしろ軽やかでさえあった。

「あかりは怖くないのか？」

横に並んで尋ねると、あかりは歩きながら答えた。

「昨日よりマシかな。それに、カナエくんがいるから平気」

「そ、そうか」

反応に困る。そういう思わせぶりなことを言うのはやめてほしい。

しかし、昨日よりマシ、とはどういう意味なんだろう。夜の学校より怖いシチュエーションなどそうそう思い浮かばないが。

「カナエくんは怖いの？」

「俺？　まさか。まったく怖くはないな。ちょっと足が竦《すく》む程度だ」

「それ、結構怖がってない？　あ、ここが図書室ね」

あかりは足を止めて、観音開きの扉を指し示した。図書室、と言われても中が見えないのでピンと来ない。

「入ってみる？」

「入れるのか？」

あかりは扉の把手を掴《つか》み、引っ張った。しかし扉はびくともしない。

「鍵《かぎ》かかってた」

「だろうな」

苦笑する。あかりも恥ずかしそうに「えへへ」と頬《ほお》をかいた。

図書室を通り過ぎ、俺たちは階段を上る。

「そういや、カナエくんは本好きだったよね。今でもよく読んでるの？」

「最近はあまり読めてないな……学校の勉強が忙しくて」

「へえ。勉強、大変なの？」

「ついていくのに精一杯って感じだ。今年も留年ギリギリだったし」

「ほんとに？　意外。カナエくん、中学のときすごく成績よかったよね」

「袖島《そでしま》の中ではな」

二階に到着する。あかりに従って、廊下のほうへ進む。

「俺も、袖島中学にいたときは結構自分のことをデキるやつだと思ってたんだけどな。東京に出てみたらさっぱりだ。どんどん人んなかに埋もれていく感じがして、正直、息苦しいよ」

言ってから、愚痴《ぐち》っぽくなってしまったな、と後悔する。こんな話、聞いても楽しくないだろうに。

「すまん、暗い話になっちまったな」

「いや、いいよ。カナエくんもいろいろ大変だったんだね。……あ、ここ」

ある教室の前であかりが足を止めた。ドアの上のプレートには『2年』とだけある。

「先月までここで授業受けてたんだ」

あかりは楽しそうに教室を指差して言った。

俺は教室の中を覗《のぞ》き込む。広さの割りに机の数が少ない。大体三〇席くらいか。

「入ってみる?」

「ここも鍵《かぎ》かかってるだろ」

「ドアの上の窓は開きっぱなしなんだ」

「……この学校、ところどころセキュリティが緩《ゆる》いな」

よっ、というかけ声とともに、あかりは窓枠に足先を引っかけ、身体《からだ》を持ち上げた。そのまま上の窓を開け、教室の中に身を滑り込ませようとする。が、そのとき、痛っ、と声を上げた。

「おい、大丈夫か?」

あかりは廊下に下りて、自分の腰を擦《さす》りながら言った。

「ごめん……完治したはずなんだけど、まだ、たまに痛むの」

「完治? 怪我《けが》してたのか?」

「あ……うん、まぁね。でも、大丈夫だよ。カナエくんは気にしなくていいから」

「そうか……?」

あかりは暗い面持ちでこくこくと頷《うなず》く。

あまり触れてほしくなさそうだったので、この話題は切り上げることにした。

「じゃあ、俺が先に教室に入るよ。そのあと、中から鍵を開ける」

「助かるよ」

俺はさっきのあかりと同じ要領で窓枠に足をかけ、窓から教室に入った。

教室の中は廊下から見るより広く感じられた。規則的に机が並び、木とワックスの匂《にお》いが充満している。窓からは月明かりが差し込み、教室をほのかに青く照らしていた。

ドアの鍵を開けると、あかりは「ありがと」とお礼を言って中に入ってきた。そして、教室をぐるりと見渡したあと、窓際の席に座った。

「ここ、私の席だったんだ」

カナエくんも座りなよ、と言ってあかりは前の席を示す。多少の気恥ずかしさを覚えながらも、せっかくなので俺はそこに座った。

「昔を思い出すね」

「そうだな。中学生に戻ったみたいだ」

「戻るなら小学生がいいよ」

「そうか？　……まぁ、たしかにそうかも」

言われてみれば中学時代にはあまりいい思い出がない。クラスで除《の》け者《もの》にされ、嫌《いや》がらせを受け、助けたクラスメイトには裏切られ……散々だった。ただそれでも、あかりといた時間は充実していたように思う。

「もし小学生に戻ったら何したい？」

あかりが机に片肘《かたひじ》をついて訊《き》いてきた。

「そうだな……ひたすら勉強して東大とか目指すかな」

「えー。そんなのつまんないよ」

「あかりはどうしたいんだ？」

「私？　うーん……」

あかりは腕を組んでうんうんと唸《うな》る。そんなに深く考えることかね、と思いつつも答えるのを待っていたら、あかりは閃《ひらめ》いたように言った。

「遠足に行きたい！」

思わず笑った。あれだけ考えて遠足か。

「そんなの、いつでも行けるだろ」

「小学生のときにもっと行きたかったの。雨で中止になることが多かったから」

「あー、たしかに。遠足の日に限って降るんだよな」

こういうの、マーフィーの法則っていうんだっけ、と呟《つぶや》くあかりに、俺は、たしかそうだった気がする、とふわふわした返事をする。

「そういやカナエくん、五年生のときに行った遠足のこと覚えてる？」

「五年生っていうと……あかりが泥まみれになったやつか」

「そうそう」

懐かしい。俺は過去の記憶を掘り返す。

たしか当時は、クラス全員で本土の小高い山に登りに行ったのだ。久しぶりの遠足で、みんなはしゃいでいた。あかりもそうだった。ぬかるみに足を取られて派手にすっ転び、泥まみれになるまでは。あのとき見たあかりの、意気消沈した顔は忘れられない。

「あのとき、私だけじゃなくてカナエくんも泥まみれになったよね。どうして転んだの？」

言われて思い出す。

そういえば、そうだった。あかりが転んだあと、俺も水たまりにダイブしたのだ。

「あれは……石に躓《つまず》いたんだよ」

「ほんとに？」

あかりが懐疑の目を向けてくる。

実をいうと、わざと転んだ。泥まみれになって周りに笑われるあかりが可哀想《かわいそう》で見ていられなくて、俺も同じように泥だらけになったのだ。あかりに向けられる好奇の目を、少しでも自分に集めたかった。結果的に、二人揃《そろ》って笑われる羽目になったが。

本当のことを俺の口から説明するのは少々歯がゆいので、適当に誤魔化す。

「もう昔のことだから、よく覚えてないな」

「ふうん……そっか。あ、そういえば、遠足って言ったら──」

それから俺たちは、しばらく思い出話に耽《ふけ》った。

深夜の教室で、かつて片思いだった女の子と二人きり。そんなシチュエーションで、ともすれば緊張で落ち着きを失ってもおかしくなかったが、今は会話に集中できた。それはあかりと話すのが単純に楽しかったからだ。

黒板の上にある時計が三時を回ったところで、俺はつい大きな欠伸《あくび》を漏《も》らした。

「眠い？」

「いや……大したことないよ」

あかりともう少し話をしたくて、嘘《うそ》をついた。本当はかなり眠い。

会話が途切れてお別れの雰囲気にならないうちに、俺は話題を探す。

「あ、そうだ。あかりに訊《き》きたいことがあるんだった」

「訊きたいこと？」

今日の夕方頃に生まれた疑問を、俺はぶつける。

「彰人《あきと》が亡くなった日のことなんだけどさ。あかりと堤防で別れてから、俺がどうしてたか知ってるか？」

そう訊いた途端、あかりは虚を突かれたように目を見開いた。

まるでショックを受けたような反応だった。口は薄く開いているが、その隙間《すきま》から言葉が出てくることはない。浅い吐息が漏れるのみだった。

「あかり？」

不安になって名前を呼ぶと、今度は無理に作ったとひと目で分かる愛想笑いを浮かべた。

「ご、ごめんごめん。四月一日、だよね」

「ああ。友達の家に泊まってた、ってお祖母《ばあ》ちゃんから聞いたんだけど、俺を家に泊めてくれるような友達が思い当たんなくてさ。あかりなら何か知ってるかもしれないと思ったんだ」

「えっと……その日はカナエくんとは堤防で会ったきりだから、夜のことはちょっと分かんないな……」

「そうか……分かった」

収穫はなし、か。

あかりが知らないのなら誰に訊けばいいんだろう。エリもお祖母ちゃんも知らなさそうだったし……と頭を悩ませていたら、隣で小さく「あっ」と声が聞こえた。

隣を見ると、あかりは自分の口元を手で覆っていた。顔の半分が隠れているため、いまいち表情が読めない。

「どうした？」

俺が声をかけると、あかりはおそるおそるこちらに顔を向ける。何か、重大なミスでも発覚したように眉《まゆ》をひそめていた。

わずかな沈黙のあと、あかりは手を下ろし、脱力したように薄い笑《え》みを浮かべた。

「ごめん、なんでもない。家の鍵《かぎ》かけたか、ちょっと不安になっただけ」

「ああ……。そういうの、よくあるよな」

たしかによくある。けど、やけにオーバーリアクションだったような……。

俺は念を押すように尋ねる。

「本当になんでもないのか？」

「うん。よくよく考えてみたら、鍵、ちゃんとかけてた」

あかりはニッと笑ってみせる。屈託のない笑みだった。様子が変だったので少し心配したが、本当になんでもないように思えてきた。俺の気にしすぎかもしれない。

さて、と言ってあかりは席を立った。

「もう遅いし、そろそろ帰ろうか」

「……だな」

名残《なごり》惜しさを感じつつ、俺も立ち上がる。

あかりを先に退室させ、俺は中から教室の鍵をかけた。そして入ったときと同じように、窓から教室を出る。

「学校案内はもう終わりか？」

廊下に下りて俺が尋ねると、あかりはこくりと頷《うなず》いた。

「特に見どころはないし、そもそも他の教室は閉まってるだろうから……。あ、でも。最後に一か所だけ、案内したい場所があるの」

ついてきて、とあかりが先導し、俺は従う。

階段を上がり、三階を通過して、屋上の踊り場までやって来た。そこにあるのは、隅に積まれた生徒用の机と、屋上へ続くドアだけだ。ドアには簡素な南京錠がかかっていて、屋上に出られないようになっていた。

「案内したい場所ってここか?」

「まさか。このドアの先だよ」

あかりはそばにある机の中から、二本の針金を取り出した。たぶんヘアピンか何かを無理やり伸ばしたものだろう。何をするのかよく分からないままあかりの動向を眺めていると、あかりは二本の針金を南京錠の鍵穴に突っ込んで、カチカチとかき回し始めた。

南京錠は数秒で解錠された。

「よし」

「よし、じゃないだろ。いつの間にそんなスキルを身に付けたんだ」

「高校で一人になりたいとき、よく踊り場に来てたんだ。それで、南京錠くらいなら開けられるかも、って思って試行錯誤してるうちに、開け方が分かってきて」

「無駄な行動力だな」

「開拓精神ってやつだよ」

あかりは扉を開ける。途端に、肌寒い風が身体《からだ》を吹き抜けていった。

二人で屋上に足を踏み入れる。

俺は息を呑《の》んだ。

白く輝く満月が、澄んだ夜空を照らしている。そこから目線を下げていくと、海には漁船の電灯が点々と浮かび、その向こうには、薄ぼんやりと本土の明かりが見えた。

まるで視界に収まりきらない絵画を前にしているような、そういう美しさがあった。

「すごいな……綺麗《きれい》だ」

「うん……私も夜に来たのは初めてだけど、想像以上だった」

夜空を見上げながら、あかりはふらふらと屋上の縁に向かって歩く。一応、落下防止の柵《さく》が設置されているものの、腰ほどの高さしかなく、心もとなさを覚えた。それに、屋上は辺りに何も遮《さえぎ》るものがないため、かなり風が強い。

あかりは柵に手をつき、身を前に乗り出した。

「おい、危ないぞ」

「平気だよ。カナエくんも、こっちに来て」

誘われる前からあかりのもとへ向かっていた。

　俺はあかりの横に並ぶ。すると、思いがけず柵の向こう側に視線が吸い込まれた。景色は綺麗だが、見下ろすとあまりの高さに身が縮こまった。夜の暗闇《くらやみ》が地面を黒く塗り潰《つぶ》している。

「もしかして、高いの苦手？」

「ち、ちげえよ。ちょっと寒かっただけだ」

「ふうん……」

　あかりは胡乱げに俺を見つめたあと、突然、イタズラでも思いついたように挑発的な笑《え》みを浮かべた。そして、何も言わず、こちらに肩をぴったりとくっつけてくる。

　一瞬、俺はかなり動揺したが、ムキになって、寄せられるがままにしていた。シャンプーの香りが漂ってきて、鼻がこそばゆかった。

「ここ、私が袖島《そでしま》で一番好きな場所なの」

　耳元で囁《ささや》くようにあかりが言った。

「昼間も綺麗なんだよ。海と島を一望できて、本土のほうまで見渡せるの」

「へえ……それはいいな」

「でしょ？　……あ、見て。北斗七星」

　あかりが空を指差す。そのまま『7』をなぞるように指を動かした。

「くっきり見えるな」

「東京じゃ、あんまり星見えないの？」

「いや、そうでもないな。東京の星空だって、それなりに綺麗《きれい》だ」

「ほんとに？」

「ああ。それに、夜景も綺麗なんだよ。地上にも星空があるみたいでさ」

「そうなんだ……それは素敵だね」

あかりは少しだけ視線を下げる。そして海の向こうにある本土に手を伸ばし、独り言のように呟《つぶや》く。

「行きたいな、東京」

「来ればいいだろ」

「行けるかな」

「行けるよ」

俺は続ける。

「もしダメだったら、俺が連れてくよ」

自分でも驚くほど、その言葉はするりと口をついた。

あかりが目を丸くしてこちらを見る。

まるでプロポーズみたいだな、と俺は他人事《ひとごと》のように思った。でもそれは他人事ではなくて、他でもない自分が発したんだという自覚が遅れてやって来て、顔が熱くなった。

「や、今のはその、深い意味はなくて……」

頭の中でぐるぐると羞恥《しゅうち》や後悔といった感情が渦巻く。

恥ずかしくて死にたくなって、もう屋上から飛び降りてしまいたい、なんて思ったとき。

突然、あかりに抱きすくめられた。

あまりにも唐突で、俺は直立不動であかりを受け止めるしかなかった。

俺の肩に顔を埋《うず》め、あかりは背中に手を回してくる。甘い匂《にお》いと、優しく押し返してくる柔らかさに、脳が痺《しび》れるような感じがした。息をするのも忘れて、俺はただ抱きしめられていた。

思考は完全に止まっていた。混乱さえしなかった。

不意に、吐息の温かさが肩に伝わった。あかりが何か喋《しゃべ》ろうとしている。

「――私のこと、嫌いにならないでね」

まるで親に置いていかれた子供のような、弱々しい声だった。

あかりが何を伝えたいのか、言葉の真意はなんなのか、俺には分からない。

けど、答えは決まっていた。

「そんなの、当たり前だろ」

俺は緊張と動揺で震える手をあかりの背中に回す。そうしなければならない、という義務感のようなものが心にあった。

そのまま数秒にも数分にも感じられる時間が経《た》ち、ゆっくりと、あかりは身体《からだ》を離した。

ほのかに上気した顔が目の前に迫る。潤んだ双眸《そうぼう》が、月の光を映して弱く輝いていた。

「帰ろっか」

あかりは静かにそう言った。

あかりを家まで送る道中、俺たちは屋上で抱き合ったことが嘘《うそ》のように普通に喋《しゃべ》っていた。教室で話していたときと同じだ。互いに思い出話を持ち出して、それに対して笑ったり驚いたりする。あまりに自然で、屋上での一件は夢なんじゃないかと思えるほどだった。

ただ、それでもやっぱり、あかりがあんな行動に出た理由を俺は考えてしまう。

何かしらの好意を向けられていることは間違いない。でも、その好意の形が掴《つか》めなかった。あかりにとって抱擁は、告白の手段なのかもしれないし、ただの「嬉《うれ》しい」を示すためだけの感情表現なのかもしれない。どちらか判断できないから、自分がどれだけの好意で返せばいいのか、分からなかった。

「ねえ、カナエくん」

「な、なんだ?」

急に名前を呼ばれて、声が上擦《うわず》ってしまった。

「今日は、ありがとね。おかげでちゃんと眠れそう」

「ああ……それは、よかった。困ったらいつでも言ってくれよ」

「うん、そうする」

あかりが俺に微笑《ほほえ》みかける。それだけで、多幸感がじんわりと胸に広がった。

俺には、あかりが何を考えているのかよく分からない。けど、どんな形であれ好意を向けられるのは嬉しい。なら、今はもう難しいことは考えず、その嬉しさに浸っていればいいのかもしれない。

あかりの住むアパートが見えてきた。夢のような時間に、終わりが近づいている。

「明日も、会うか？」

気遣いと、あかりと話したい願望が、半々に混じった誘いかけだった。

しかしあかりは残念そうに眉《まゆ》を下げる。

「ごめん。明日はお通夜の準備で、ちょっと忙しいの」

「お通夜……？　あ、そっか」

明日、四月五日の夜に通夜は執り行われる。俺は日を遡《さかのぼ》っているからすでに通夜を体験済みだが、あかりにとっては未来の出来事だ。

「ごめんね。ここ最近、昼間は葬儀の手続きとかで何かとバタバタしてて……お母さんと二人でやらなくちゃいけないから」

「謝らなくていいよ。それはもう、仕方ないだろ」

「うん……」

あかりは元気をなくしてしまったように俯《うつむ》く。

明日の話なんかしなければよかった、と歯噛《はが》みする。あかりを励ましたくて、今度はできるだけ明るい声音《こわね》を作って俺は話しかけた。

「ま、安心しろよ。俺が過去に戻って彰人《あきと》の死を防ぐからさ。そしたら、全部元通りだ」

「……そうだね」

「絶対に上手《うま》くいくよ。彰人に酒を飲まさなきゃいいだけなんだし」

「……うん」

あかりが元気を取り戻した様子はない。どころか、さらに落ち込んだふうに視線を下げた。励ましたつもりなのに、余計に悲しませてしまったかもしれない。内心、焦る。考えてみれば、あかりは数日前に実の兄を亡くしたばかりだ。

安易に彰人の話題を出すべきではなかったか……と後悔した矢先に。

「カナエくんは、お兄ちゃんのことどう思ってた？　今でも憧《あこが》れてるの？」

俯《うつむ》きながら、あかりは訊《き》いてきた。彰人の話題を続けるのか、と少し意外に思いながらも俺は答える。

「そうだな……昔は憧れてたけど、今はどうだろう。少なくとも、嫌いではないな。小学生のとき、俺が不良に絡まれているところを助けてもらったことがあったし、ちょっとした恩人ではある」

「ああ……そういえば、昔そんな話してたね」

「あとは、不器用な人だな、とは思ったな」

「不器用？」

　あかりは不思議そうに繰り返した。

「たしか小学三年生のときだっけな。駄菓子屋で彰人に話しかけられたことがあったんだよ。お前、あかりと仲いいんだよな、って。それで、頼まれたんだ」

「何を？」

「俺は野球しかできないから、代わりにお前があかりに優しくしてやってくれ、って」

　ぴた、とあかりは足を止め、こちらに身体《からだ》を向ける。

「それ、ほんとに？」

　俺も足を止めて答えた。

「ああ。他にも、あかりはよく転ぶから注意して見とけ、とか言われたっけな。あかりのこと、気にかけてるみたいだった」

　よく覚えている。彰人は小学生の頃から、袖島《そでしま》中学の野球部に交じったり、大人の草野球チームで代打に入ったりと、すでに野球の才能を発揮していた。そんな彰人が俺に頼み事をしてきたことが、意外だったのだ。

「まぁ、兄貴ってそういうもんだよ。下の子を気にかけてるけど、なかなか素直になれない、みたいな。俺もしょっちゅうエリと喧嘩《けんか》してるし。ていうか、帰省してからも早速喧嘩になったんだよな」

ははは、と俺は自嘲《じちょう》気味に笑う。

そこで気がついた。あかりがやけに深刻そうな顔をしていることに。

「お兄ちゃんが、私を……？」

声が震えている。なんだか様子がおかしい。

どうしたんだ、と声をかけようとしたら、あかりは突然アパートに向かって走りだした。

「お、おい！　あかり！」

俺は慌てて追いかける。

アパートの手前でなんとか追いつき、あかりの腕を掴《つか》む。そのままこちらに振り向かせた。

「どうしちゃったんだよ、急に――」

息が止まった。

あかりは、ボロボロと泣いていた。

「ごめん……ごめんなさい……」

全身に動揺が走り、俺はあかりの腕を離してしまう。

あかりは俺の視線を振り切るように走りだす。そのままアパートの階段を駆け上り、自分の部屋に入った。

俺はしばらく呆然《ぼうぜん》とその場に立ち尽くした。

勝手口から家に入る。静かに階段を上がり、自室に入って着替えもせずベッドに倒れた。頭から布団《ふとん》を被《かぶ》る。眠気は溜《た》まっているはずなのに、なかなか寝付けなかった。あかりの泣き顔が脳裏に焼き付いて離れないせいだ。

あかりが泣いていた理由には、察しがついていた。俺が、彰人《あきと》の話をしたのが原因だろう。普通に考えれば分かることだった。故人である彰人の優しい一面を知らされたら、妹のあかりとしては、泣いてしまうのも無理のない話だ。急に走りだしたのは、俺に涙を見せたくなかったからだろう。

だから、俺は別にあかりを傷つけたわけではない……と、思っているけど。

「失敗したな……」

やはり、彰人の名前は出すべきではなかった。話を掘り下げたのはあかりとはいえ、そこは反省しなければ。今日はもう遅いし、明日あかりに電話で謝ろう。

考えがまとまったところで、急に眠気が襲ってきた。俺はまぶたを閉じ、深い眠りにつく。

翌日。

正午までぐっすりだった。起床してからは、お祖母《ばあ》ちゃんとエリとで昼食を済ませ、また部屋に戻った。時計を見ると、昼の一時になっていた。日付は、四月五日だ。

　俺はベッドに座り、ズボンのポケットから携帯を取り出す。

　昨夜に決めたとおり、俺はあかりに電話をかけた。

　二コール、三コール、四コール目で、あかりは応答した。

『はい、もしもし』

「船見《ふなみ》だけど、今、大丈夫か？」

『えっと……うん。ちょっとお通夜の準備でバタバタしてて、長くは話せないけど』

「すぐ終わるから大丈夫だ」

　少し間を置いてから、俺は続ける。

「昨夜は、悪かったな。その、無神経なこと言っちゃって」

『や、カナエくんが謝ることじゃないよ。私のほうこそ、ごめん……。お兄ちゃんのこと思い出したら、ちょっと辛くなっちゃって』

　やはり、あかりが泣いたのは彰人《あきと》の話をしたのが原因だったか。

「今はどんな調子だ？」

『一晩寝たらだいぶマシになったよ。ただ……』

「ただ？」

　かすかに唾《つば》を飲む音が聞こえた。

『たまに、ちょっとだけ心がしんどくなる……かも』

俺は返事に詰まった。

あかりの深い悲しみがスピーカーから流れ込んでくるようだった。上っ面《うわつら》だけの励ましでは、間《ま》をもたせる以上の効果はないだろう。

なんて声をかければいいのか……迷っているうちに、あかりは沈痛な思いを誤魔化すように早口で告げる。

『ごめん、もう戻らなきゃ。そろそろ切るね』

「ちょ、ちょっと待ってくれ」

とっさに呼び止めた。このあとのことは考えていない。ただ、元気を失ったあかりを放っておけなかった。

逡巡《しゅんじゅん》のあと、俺はできる限りはっきりとした声で言う。

「あまり気に病むなよ。俺が、なんとかするから。ロールバックを利用して、あかりを悲しませないようにするから。だから……とにかく、任せてくれ」

勢いだけの、あやふやなセリフになってしまった。だが、これが俺にできる最大限の励ましだった。俺はあかりの元気を取り戻したかった。

その思いが届いたのかどうかは分からない。けど、スピーカーの向こうで、あかりは少しだけ笑ったような気がした。

『……ありがとう、カナエくん』

じゃあ、またね、と言ってあかりは通話を切る。

俺はそのままベッドに倒れた。

笑ってくれたかどうかはともかく、ほんの少しだけ、あかりの元気を取り戻せたかもしれない。けどそれも一時的なものに過ぎないだろう。依然として、あかりは深い悲しみの中にいる。

どうにかして、そこから救い出してやりたい。

なら、どうすればいいか。考えるまでもない。

——過去に遡《さかのぼ》り、彰人《あきと》を救う。

悲しみの根源であろう彰人の死を阻止すれば、きっとあかりは元気を取り戻す。いや、そもそも死別の悲しみさえ、なかったことになる。

不意に、胸の内に燃え上がるものを感じた。この熱い感情は、たぶん使命感というやつだ。ロールバックを利用して彰人を救うという使命感に、俺は駆られている。

「……必ず救ってみせるぞ」

俺はベッドから立ち上がった。

彰人——そしてあかりの二人を救うために、自分のやるべきことを反芻《はんすう》する。

「そうだ。あれ、調べなきゃな……」

彰人が死んだ四月一日の夜、俺がどこで何をしていたか——だ。いろいろあって忘れていた。

しかし、どう調べればいいんだろう。あかりとお祖母《ばあ》ちゃんにはもう話を聞いた。エリにはまだ声をかけていないが、お祖母ちゃんの話を聞く限り、何も知らないだろう。

他に事情を知ってそうな人は……全然思い当たらない。我《われ》ながら交友関係が狭すぎる。

「……とりあえず、歩きながら考えるか」

俺は玄関に向かう。靴を履いて家から出ようとしたら、お祖母ちゃんに声をかけられた。

「どこ行くんだい」

「ちょっと散歩」

「今日は保科《ほしな》さんとこのお通夜なんだから、夕方までには帰ってくるんだよ」

分かった、とお祖母ちゃんに返事をして、俺は家を出た。


ただ歩き回るだけでは時間の無駄なので、現場の下見をしておく。

現場とは、彰人が酒を飲んでいた居酒屋と、彰人が死んだタバコ屋裏の空き地だ。二か所とも昔から場所は把握しているが、念のため一度くらいは直接、見に行っておいたほうがいいと考えていた。

港のほうへ進み……やがて、居酒屋『飛鳥《あすか》』に着いた。

出入り口の引き戸には『定休日』の札が吊《つ》り下がっている。

定休日でも仕込みか何かで店員がいるかもしれない。もしいるなら、少し彰人の話を伺いたい。そう思って引き戸に手をかけてみたが、鍵《かぎ》がかかっていた。残念。やはり不在か。

出入り口のそばにある看板を見るに、定休日は木曜だけらしい。定休日でなければ、一七時からの開店となる。

仕方ない。また日を改めるとしよう。

次は彰人《あきと》の遺体が発見されたという、タバコ屋裏の空き地へ向かった。

一五分くらいで空き地に到着する。

空き地の前には、お供え物であろう献花が見られた。花束が二束と、ジュースが三本。ここで彰人が亡くなったことは間違いないだろう。しかし、かつて袖島《そでしま》で名を馳《は》せた彰人にしては、ずいぶんささやかなお供え物だった。

空き地の敷地内は、大きく育った雑草が地面を覆っている。奥のほうを見てみると、ちょうど人ひとり、横たわっていたような形跡があった。

いや、ようなではないな。実際、そこに彰人が横たわっていたのだろう。

急性アルコール中毒で倒れ、ここで死んだ。心臓が止まり、血の気を失っていく彰人の姿を想像して、俺はちょっと身震いした。

俺もお供え物でもしたほうがいいだろうか、と考えて、必要ないか、とすぐ結論を出す。お供え物をするのは、彰人の死を認めてしまうようで、どうも縁起の悪い感じがする。今は四月一日の情報を集めることを優先しよう。

俺は空き地を後にした。

それから一時間ほど島を徘徊《はいかい》したが、ただ歩いていただけでなんの収穫も得られなかった。誰にも話しかけていないのだから、当然といえば当然だ。だが仕方のない話でもある。だって、いきなりそこらへんの人を捕まえて「俺が四月一日に何してたか知ってる?」なんて尋ねても、おかしな人にしか見られないだろう。だから適当に歩き回りながら、人に訊《き》く以外の方法を模索していたのだが、それも疲れてきたのでやめてしまった。

どうしたものかと、堤防に座って海を眺める。空はすでに朱色に染まっていた。

「今日は五日だから……ええと、あと三回ロールバックすれば、一日の一八時にたどり着けるのか」

時間でいうと、あと二日程度。彰人が死んだ四月一日にたどり着くまでの、貴重な二日間だ。その間をなんとか有意義に使えないだろうか。

ぼんやりと水平線に沈みゆく夕日を眺めていると、突如、ある閃《ひらめ》きを得た。

「……あ」

彰人の死を阻止することとはまったく関係ないが、いい考えが浮かんだ。

どうして今まで気づかなかったんだろう。ロールバックをこれ以上なく有効に使える手段があるじゃないか。

時を遡《さかのぼ》れば、未来の情報を過去に持っていける。つまり俺は、ある種の未来予知ができる状態となる。

となれば、何ができるか。

――お金を、稼げるかもしれない。

もし時間遡行できる状況に陥ったら、多くの人間が俺と同じことを考えるはずだ。

お金を稼ぐ方法はいくらでもある。たとえば……競馬とか株とか競艇とか。そういうギャンブル性の高いもの。

何がいいだろう。さっき挙げた三つはたくさん稼げそうだが、どれも買い方を知らない。

俺でも簡単に利用できて、かつ、大金を得られそうなもの……。

――宝くじ。

宝くじなら、買ったことがあるから仕様が分かる。

ロールバックを利用すれば、宝くじを当てられるはずだ。今のうちに宝くじの当選番号を暗記し、ロールバックして日付が戻ったら、暗記した当選番号で宝くじを買う。成功すれば大金が手に入る。

……あれ？　これ、マジで当てられるんじゃないか？

俺はごくりと唾《つば》を飲む。鼓動が速くなってきた。

試しに携帯で宝くじの種類を調べてみる。発売期間と抽選日が近いものがいい。当選番号が分かっても、発売期間がロールバックの期間外だと意味がない。

──よし、これにしよう。

五桁の数字から自由に選んで当てるタイプの宝くじだ。当選番号は本日発表済み。今日から三日前にくじを購入すれば、今日の抽選に間に合う。

一等の当選金額は約三〇〇万円。もし当選すれば、学生なら数年は遊んで暮らせる大金だ。

早速、当選番号に目を通す。五桁の当選番号を覚えておくだけで、上手《うま》くいけば小金持ちになれる。

三〇〇万円が現実味を帯びてきた。俺は胸を躍らせて当選番号を暗記しようとする──が。

「……本当にいいのか？」

沸々と背徳感が湧《わ》いてきた。

俺が今しようとしていることは、倫理的にまずい行為なんじゃないだろうか。

たしかに、上手くいけば大金が手に入る。けど、彰人《あきと》の生き死にがかかっている状況で、ロールバックを私利私欲のために使うのは、どうなんだろう。なんかよくない感じがする。

うーん、でも、結局は気持ちの問題でしかないしな。ロールバックだって、俺が望んで引き起こしたわけではないし……。

ちら、と当選番号を見やる。しかし背徳感が邪魔して、なかなか番号が頭に入ってこない。

道徳心と煩悩、どちらを選ぶかで葛藤《かっとう》していると、突然背後から「おい」と声をかけられた。

別にやましいことをしているわけじゃないのに、俺は相当驚いて、携帯を海に落としそうになる。

振り返ると、そこにいたのは駐在さんだった。

「オーバーリアクションだな。やらしい動画でも見てたのか？」

駐在さんは跨《また》っていた自転車のスタンドを下ろし、俺のそばまでやって来る。俺は身体《からだ》を半回転させて、内陸のほうに足を下ろした。

「びっくりした。なんですか、急に」

「ははは、悪い悪い。別に驚かすつもりはなかったんだ。ちょっと話でもしようと思ってな」

俺は舌打ちしそうになる。間が悪い、とはこういうことを指すのだろう。

「職務はどうしたんですか」

「島民のアフターケアだって立派な職務だ。あのことを引きずってたりしないか？」

「あのこと？」

「ほら、本土の刑事さんにしつこく詰め寄られてただろ？　疑われてるみたいでいい気分じゃないよなー、って思いながら傍《はた》から見てたんだ」

「……？　えっと、なんの話です？」

「何って……船見《ふなみ》が彰人《あきと》の遺体を見つけた日のことだよ」

俺が彰人の遺体を見つけた日……たしか、携帯のメモによれば四月二日の出来事だ。俺にとって未来の話。だったら覚えがなくて当然か。

ただ、面倒事を避けるためにも、駐在さんの前では知っていたように振る舞ったほうがいいだろう。

「そ、そうでしたね。ショックな出来事だったんで、ちょっと忘れてました」

俺が誤魔化すと、駐在さんは訝《いぶか》しげに眉《まゆ》を寄せたが、すぐ納得したように頷《うなず》いた。

「たしかに、お前にとっては辛い出来事だったろうな。刑事さんの取り調べにしても、彰人が亡くなったことにしても、あの日はいろいろあったから……」

駐在さんは偲《しの》ぶように短くため息を吐《つ》いた。

「そういや、彰人の死因は聞いたか？」

「急性アルコール中毒、ですよね」

「そうそう。船見も酒の飲みすぎには気をつけろよ。この時期に酒を飲んで外で寝たら、普通に死ねるからな」

「そもそも飲みませんよ……未成年なんだから」

そう返しつつ、俺はさりげなく左手に持った携帯を見る。一八時が迫っていた。そろそろ話を切り上げて、ロールバックに備えないと。

「あ、それとあれだ。船見、彰人の妹と会うのはせめて昼間にしとけ。前回は見逃してやったが、あんまり遅い時間までうろつくんじゃないぞ」

おっと。あかりと会っているところを見られていたのか。

「あー、昨夜はちょっと深い事情がありまして……」

「なんだ、昨夜も会ってたのか？　ますますけしからんな」

「昨夜も？」

「日曜の夜も、彰人《あきと》の妹と会ってただろ？」

一瞬、聞き間違いかと思った。

「日曜の夜って、四月一日の？」

「ああ。一一時頃だったかな？　巡回中にお前たちが一緒にいるところを見たぞ」

それはおかしい。一日の夜、俺はあかりと会っていないはずだ。堤防で別れてそれきりだと、あかりは言っていた。

「本当に俺とあかりでしたか？」

「そりゃ確証はないけど……なんだ、違うのか？」

違う。もし駐在さんの目撃情報が正しいなら、あかりが嘘《うそ》をついていることになる。そんなはずはない。だから、駐在さんの見間違い……そう、思っているのに、言葉にはできなかった。

四月一日の夜、俺が何をしていたか——昨夜、俺はあかりにそう尋ねた。するとあかりは、動揺したような素振りを見せた。だからといって嘘《うそ》をついているとは断定できないが……。

駐在さんとあかり、どちらの言い分が正しいのだろう。

悩んでいるうちに、グリーンスリーブスのチャイムが流れ始める。いつの間にか一八時を迎えていた。まずい、ロールバックが起きる。

今が四月五日の一八時だから、次に俺が飛ぶのは、その二日前――四月三日の一八時だ。

「急に黙るなよ。どうしたんだ？」

駐在さんが話しかけてくる。けど、もう、時間が――。

間章（三）

袖島《そでしま》小学校を卒業すると同時に、私はスイミングスクールを辞め、袖島中学の水泳部に入部した。

部には早い段階で馴染《なじ》めた。ほとんどの部員が、私が小学生時代に残した水泳の成績を知っていたおかげだ。顧問と先輩たちからは期待され、同期の部員からは尊敬の眼差《まなざ》しで見られた。

充実した部活動だった。ただ、毎日遅くまで練習しているせいで、放課後にカナエくんと二人でいられる時間は短くなった。完全になくならなかったのは、カナエくんが私の部活が終わるまで、図書室で待っていてくれたからだ。

私は誰よりも早く水着から制服に着替え、図書室にいるカナエくんに会いに行く。合流したら、そのまま二人で下校する。大抵はまっすぐ家に帰るだけ。だけど、駄菓子屋に寄って買い食いすることもあった。

その日がそうだった。私たちは駄菓子屋前のベンチに座りながら、二人でチェリオを飲んでいた。強烈な西日が、私の右頬《ほお》を強く照らしていた。

「炭酸って、どうして瓶だと美味《おい》しく感じるんだろうね」

チェリオメロンを半分ほど飲んだところで、私はそう呟《つぶや》いた。

「知らないのか？　ジュースに溶け出したガラス成分が、味覚を刺激してるからだよ」

「へえ、そうなんだ。じゃあ、この美味しさはガラスの味なんだね」

「いや、嘘《うそ》だよ」

「え？　……あ、なんだ嘘か」

くぴ、と私はまた瓶に口をつける。するとカナエくんは、つまらなそうな顔をした。

「あかりって、全然怒らないよな」

「そう？」

「そうだよ。嘘つかれたんだからちゃんと怒れよ。てか、最近いつ怒った？」

私は考える。けど、怒った記憶はどこにもなかった。思い返せば、ちゃんと怒るべきだったな、と反省する場面はいくつかあったけど、私の場合、大体怒りよりも悲しみが先に来る。

「全然怒ってないかも。苦手だしな、怒るの……」

「そんなんじゃ舐《な》められるぞ。今は中一だからいいけど、中二になったらあかりにも後輩ができるんだからさ」

そうだ、といいことを思いついたようにカナエくんが言った。

「試しに怒ってみろよ」

「カナエくんに？　やだよ、そんなの」

「練習だと思って。ほら」

カナエくんは私に身体《からだ》を向けて、待ち構える。

全然気は進まなかったけど、私は精一杯、声を上げた。

「こ……こら！」

ふっ、とカナエくんは鼻で笑った。

「ま、及第点だな」

「何それ。もう……」

慣れないことをしたせいで顔が熱い。でも、別に嫌《いや》ではなかった。カナエくんが笑うと、私も嬉《うれ》しい気持ちになる。

こうした何気ないやり取りも、私にとっては大切な思い出の一ページだ。

月日が経《た》つにつれて、中学のクラス環境は徐々に変化し始めた。

まず、運動ができたり話すのが上手だったりする子と、そうでない子で、クラスは二分された。この二つのグループの間には深い溝があって、休み時間におしゃべりするのも、一緒にお弁当を食べるのも、大体同じグループ内で完結するようになった。

水泳しか取り柄がないにもかかわらず、私はなし崩し的に『明るいグループ』に入れられ、休み時間中は常にクラスメイトの女子に囲まれていた。そのせいで、別グループにいるカナエくんに話しかける機会をなかなか見つけられず、むず痒《がゆ》さを感じていたことを覚えている。

それでも、部活終わりには以前と変わらず二人きりになれた。それで満足していたわけではなかったけど、特に現状を変える努力はしなかった。

だからかもしれない。

カナエくんがああなってしまったのは。

たぶん、私たちの関係に亀裂《きれつ》が入り始めたのは、ここからだ。


中学二年の秋。私が教室に入ると、黒板に大きくカナエくんへの悪口が書かれていた。中心に「船見《ふなみ》」と書かれ、それを囲うように「バカ」とか「ウザい」とか「死ね」とか……。

「何、これ……」

私は意味が分からず、黒板の前で立ち尽くした。そしたら、遅れてカナエくんが教室に入ってきて、何も言わず黒板の落書きを消し始めた。慌てて手伝おうとしたら、カナエくんは突き放すような口調で私に言った。

「いいよ、自分でやるから」

ショックだった。今思えば、カナエくんに拒絶されたのはこれが初めてかもしれない。

その日に私は、カナエくんが不良の男子に目をつけられていることを知った。いじめられっ子を庇《かば》ったんだって、と友達が教えてくれた。カナエくんらしいと思った。

黒板に落書きがあった日から、嫌《いや》がらせは続いた。カナエくんはたびたび教科書や上靴を隠されたり、不良の男子に便乗したクラスメイトから無視されたりしていた。最初はカナエくんも怒っていたけど、途中からは静かに嫌がらせを受け止めていた。まるで、何かを完全に諦《あきら》めたみたいだった。

私は離れたところから見ることしかできなかった。止めに入れば、次は自分が嫌がらせのターゲットになる。それはカナエくんの現状が証明している。それに、下手《へた》に手を出してカナエくんのプライドを傷つけてしまうのも嫌だった。

一人じゃ何もできなくて、一度、こっそりと先生に報告したことがある。先生は「分かった、なんとかしてみる」と答えただけで、結局、何も変わらなかった。

見て見ぬ振りしかできない自分が情けなかった。だからせめてもの罪滅ぼしで、部活終わりにカナエくんと会うときは、できる限り明るく振る舞った。カナエくんに、少しでも楽しい時間を過ごしてほしかった。

事態はよくならないまま、やがて冬が訪れた。袖島《そでしま》中学の水泳部は冬にも活動がある。週一で本土の水泳場で練習し、それ以外は学校で基礎トレーニングと柔軟だ。その日は走り込みをしていて、部活が終わる頃には外は薄暗くなっていた。

私は図書室で待っているカナエくんを迎えに行って、一緒に下校した。疲労は溜《た》まっていたけど、カナエくんのために頑張ってたくさん話す。

「それでね、この前読んだ漫画が、すっごく面白かったんだ」

「うん」

「SFっぽいストーリーで、主人公が旅をする話なんだけど、ラストがびっくりでね」

「……」

「あとがきを見てみたら、作者が高校生のときに描《か》いた漫画を元にしてるんだって。すごいよね。しかも女の人らしくて――」

「あのさ、あかり」

カナエくんが足を止めた。

「うん?」

同様に私も歩くのをやめて隣を見る。カナエくんは気遣うような声音《こわね》で、言った。

「なんか最近、無理してないか?」

ズキ、と胸が痛んだ。

どうしてそんなこと言うの？　無理しているように見えるの？　問い返したい気持ちをぐっと抑えて、私は何気ないふうを装って答えた。

「無理なんか、してないよ」

「……そっか。悪い」

帰ろうぜ、と言ってカナエくんは再び歩みだす。

どこか寂しげな背中を私は小走りで追いかけた。すぐ追いつけたけど、心の距離は手を伸ばしても届かないくらい離れている気がした。


それから数日が経《た》った頃。

「あかりってさー、船見《ふなみ》と付き合ってんの？」

昼休み、お弁当を食べていたら、机を囲んでいる女の子の一人に言われた。

「べ、別に付き合ってないよ！」

反射的に否定したあと、しまった、と思った。カナエくんに今のセリフを聞かれたくなかったからだ。ちら、とカナエくんの席に目をやると、そこにカナエくんはいなかった。さり気なく教室を見渡してみたけど、カナエくんはどこにもいなくて、私はホッとした。

「でもさー、船見と毎日一緒に帰ってるんでしょ？」

「それは、そうだけど。でも付き合ってるとかじゃなくて」

「いや付き合ってないのに毎日一緒に帰ったりしないでしょ。あかりも物好きだよねー。あれのどこがいいの？」

彼女はニコニコと笑《え》みを浮かべながら言う。

笑顔にもいろんな種類があることを当時の私は知っていた。喜んだときの笑み、安心したときの笑み、敵意がないことを示す笑み……彼女の笑みは、相手をバカにするときの笑みだ。

「で、本当のところはどうなの？　キスはもうした？　もっと先のこともしてたり？」

先のこと……想像して顔が熱くなった。そういうことを、今まで一度も考えなかったわけではないけど、私とカナエくんの関係を汚された気がして、無性に腹が立った。

早くこの話題を終わらせたくて、私は強めに言い放つ。

「だから、カナエくんとはただの幼馴染《おさななじみ》で、恋愛感情とかないから」

そう言った瞬間、きゅ、と後方から上履きの靴底が擦《こす》れる音がした。

振り向くと、カナエくんがそこに立っていた。

私は驚いて声も出なかった。いつ教室に戻ってきたのだろう。私の発言を、聞かれやしなかっただろうか。

カナエくんは気まずそうに頬《ほお》をかいたあと、はっきりと言った。

「そうそう、ただの幼馴染だから。変な勘違いすんなよ」

それだけ言って、カナエくんは自分の席に戻った。

私が話していた子は「つまんない」と興味を失い、食事を再開した。私も、再び箸《はし》を手に取った。だけど、何を食べても、味がしなかった。


授業が終わり、やがて部活も終わると、下校の時間が訪れた。

いつもと同じように私とカナエくんは、談笑しながら家に帰る。ただ、その日の談笑にはまるで中身がなかった。沈黙を埋めるためだけに言葉を紡いでいるのは、たぶん、カナエくんも気づいていた。

口を動かしながら、私はずっと焦っていた。

――早く、昼休みの誤解を解かなきゃ。

私がなかなか踏み出せずにいるのは、誤解を解くことと、カナエくんに好きと伝えることがイコールだからだ。恋愛感情があると認めるわけだから、告白になってしまう。

もし振られたらどうしよう。考えるだけで胸が張り裂けそうになる。きっと、以前の関係には戻れない。かといって誤解を解かなければ、この気まずい空気を引きずりそうで、それも嫌《いや》だった。

どうしてこんなことになってしまったんだろう。

いっそ小学生まで時間が戻ればいいのに――そんなことを考えていると、カナエくんが私を呼んだ。

「あかり」

どこか真剣味を帯びた声音《こわね》だったので、私は少し身構えた。

「な、何？」

「俺さ、あかりに言わなきゃいけないことがあるんだ」

胸がざわついた。なんだろう。昼休みの件だろうか。そう考えると、少し期待が湧《わ》いてきた。もし、カナエくんが「あのとき言ったこと、撤回したいんだ」なんて切り出したら——私はきっと有頂天になって、それを受け入れる。

けど、カナエくんの口から飛び出したのは、予想だにしないことだった。

「実は、東京に行こうと思ってるんだ。中学を卒業したら、だけど」

頭が真っ白になった。

東京って、日本の首都だっけ——少しして、そんな的外れな感想を抱いた。今思えば、ただの現実逃避だった。

私が放心している間も、カナエくんは続けた。

「ちょっと前、東京にいる親父《おやじ》に、こっちで暮らさないかって誘われてさ。東京での暮らしには前から興味があったから、話に乗ったんだ。つってもまだ確定じゃなくて、どの高校に行くかも決めてないんだけど……」

カナエくんが私を見る。言外に「あかりはどう思う？」と問うているようだった。

もし、ここで私が「行かないで」と言ったら、カナエくんは袖島《そでしま》に残ってくれるだろうか。

たぶん、残る。カナエくんは優しいからきっとそうする。

私はカナエくんと離れたくない。ずっと一緒にいたい。二人でチェリオを飲みながら、日が暮れるまでなんでもないことを話し合っていたい。でも、ただそれだけの理由でカナエくんの進路を変えてしまうのは、きっとよくないことだ。

だから私は、笑顔を作った。

「応援するよ。カナエくんが、東京へ行くの」

「……ほんとか？」

「もちろん。カナエくん、頭いいから東京に行くべきだよ。袖島にいるより、そっちのほうがいいと思う」

「……分かった。俺、頑張って勉強するよ」

カナエくんはちょっと申し訳なさそうに微笑《ほほえ》んだ。

私は「行けるよ」とか「大丈夫だって」とか「できることがあったら手伝うよ」とか、そんな前向きな言葉を矢継ぎ早に発した。なんでもいいから言葉にしないと、涙が溢《あふ》れそうだった。

グリーンスリーブスのチャイムが、私に同情するかのように、哀《かな》しげに鳴っていた。

第四章

4月3日 18時

時間が、ない――と思ったら、もうロールバックが起きていた。

さっきまで話していた駐在さんの姿はない。目に入るのは、ブランコを漕いだり砂場で山を作ったりして遊ぶ子どもたちの姿。ここは公園だ。廃集落のほうではなく、以前あかりと夜に待ち合わせた中央公園。そこのベンチに俺は座っている。

背後では依然としてグリーンスリーブスのチャイムが流れていた。ただ、ロールバック前と違ってチャイムの音が少し大きい。堤防から中央公園に移動したせいだろう。

三度目のロールバック。予想どおりなら、今日は四月三日だ。火曜の、一八時。

時間が飛んでも、駐在さんのセリフは鼓膜に残っていた。

『日曜の夜も、彰人《あきと》の妹と会ってただろ?』

日曜、四月一日の夜。あかりとは昼に堤防で別れてからそれきりだ。俺は直接あかりからそう聞いた。だから、駐在さんの話は矛盾している。

ただの駐在さんの見間違いなのか、それともあかりの発言が間違っているのか……。

看過できない疑問だが、今は、状況の確認を優先すべきだろう。

ここが公園であることは間違いないとして、まずは時間を確認――。

「本当に、何やってんだろうね……」

しようとしたら、俺のすぐ隣に座る女性の存在に気がついた。

細身の女性だ。歳《とし》は二〇歳《はたち》くらい。長い髪を金に染め、耳元にピアスが見える。手にはリードが握られており、その先には柴犬がおすわりしていた。犬の散歩中に休憩でもしているのだろうか。

この人、見覚えがある。たしか、大漁祭で俺を酔っぱらいから助けてくれた人だ。ただ、助けてもらったときにも思ったが、それ以前から知っているような気がする。

誰だっけ……と横顔を近くでまじまじと観察し、やっと記憶にある顔と名前が一致した。

「速瀬《はやせ》さん？」

「うん？　何？」

女性がこちらを向いて目が合った。やはりそうだ。間違いない。

速瀬咲《さき》。彰人の高校時代の彼女であり、野球部のマネージャーだった人。髪色が黒から金に変わっているから気がつかなかった。でも、そんな速瀬さんと俺は何を話していたのだろう。接点などないはずだが。

「……何？　なんか訊《き》きたいことでも？」

速瀬さんは眉《まゆ》をひそめる。

「あ、いや、すいません。なんでもないです」

「何、急に萎縮《いしゅく》してんの。気になることがあるんなら言いなよ」

速瀬さんは気さくに話しかけてくる。大漁祭で助けてくれたし、たぶんいい人なのだろう。見た目はちょっとヤンキーっぽいが。

怪しまれないよう振る舞うのも面倒なので、俺は単刀直入に訊《き》く。

「今、なんの話をしてましたっけ」

「はぁ？　何それ。自分から尋ねといて聞いてなかったの？　彰人《あきと》の話だよ」

彰人の話？　思い出話でもしていたのだろうか。自分から尋ねた、という点も気になった。

だがそれより気になるのは話の内容だ。俺は続けて質問する。

「彰人のどういう話をしてたんですか？」

途端に速瀬《はやせ》さんの顔から感情が消え、目がスッと鋭くなった。

「それ、もう一回説明しなきゃダメ？」

静かな怒気を感じさせる声音《こわね》だった。速瀬さんの気迫に押されて、俺は反射的に謝罪する。

「す、すいません。大丈夫です……」

俺が頭を下げると、速瀬さんはふっと表情を和らげて、脱力するようにベンチの背にもたれた。

「あんまり愉快な話じゃなかったからね。正直、二度も話すのはやだよ」

なおさら気になってしまう。

以前の大漁祭のときもそうだが、俺は何かしらのイベント中にロールバックを迎えることが多い。もっと静かな場所で一人でいるとか、メモを残すとかしておいてほしい。というか、次からそうしよう。

密《ひそ》かに内省していると、速瀬さんは「うーん」と背伸びした。

「さて。もういいでしょう。じゃあ約束どおり、明日、船見《ふなみ》くんには手伝ってもらうからね」

「手伝う？」

俺が首を傾げると、速瀬さんは平然とした顔で頷《うなず》いた。

「さっき約束してくれたでしょ？」

……なんのことだ？

俺が戸惑っていると、速瀬さんは少し不安そうな表情で説明し始めた。

「ほら、出店だよ。私、実家が酒屋で、大漁祭の日はずっと出店やってるでしょ？　今年もするつもりだったけど、ちょっと人員が足らなくなって困ってたら、船見くんが手伝いますって言ってくれて……だからこうやって話してるんだけど」

出店……手伝い……ははぁ。繋《つな》がったぞ。以前のロールバックでエリが話していた『出店の手伝い』とはこれのことか。なるほど。

で、どうして俺が手伝いを？

ただでさえややこしい現象に巻き込まれている最中、そんな面倒事に自ら首を突っ込むとは思えない。

「俺のほうから、手伝うって言ったんですか」

「うん。さっきからそう言ってるけど……」

速瀬《はやせ》さんは訝《いぶか》しげに俺を見る。

嘘《うそ》をついているようには見えない。本当に俺のほうから「手伝います」と言ったのだろう。

しかし彰人《あきと》の命がかかっている状況で、出店の手伝いなんてしていて大丈夫なのか……？

あまりよくない気がする。……でも、手伝いを了承して速瀬さんと一緒にいれば、この公園で俺と速瀬さんが何を話していたか、分かるかもしれない。だったら。

「そう、でしたね。もちろん、手伝いますよ」

「だよね。いやー、てっきり忘れたのかと思ってびっくりしたよ。あはは」

速瀬さんはバシバシと背中を叩《たた》いてくる。普通に痛いのでやめてほしい。

苦笑いしながら叩かれていると、ワン、とそばにいる柴犬が吠《ほ》えた。待ちくたびれたのか、腰を上げて慌ただしく尻尾《しっぽ》を振っている。

速瀬さんは立ち上がり、俺のほうを向いた。

「それじゃ、明日は汚れてもいい服で神社に集合ね。時間は、朝六時」

そんなに早いのか、と危うく口走りそうになった。やっぱ断ったほうがよかったかな……。


速瀬さんと別れてから家に帰り、俺は自室のベッドに腰掛けた。

時刻は一八時三〇分。四月三日の、一八時三〇分だ。

今、俺が考えなければならないのは、彰人が死んだ四月一日の夜のことだ。

駐在さんは「俺とあかりが会っているところを見た」と言い、あかりは「昼に堤防で別れてから会っていない」と言っている。

整合性が取れない。駐在さんとあかり、どちらかが間違った発言をしている。

俺は駐在さんの見間違いだと思っている。だがあかりの発言に信憑性《しんぴょうせい》があるかといったらそうでもなく、どちらの言い分を信じればいいのか、分からずにいるのが現状だ。

この疑問を解消するには、あかりが事実を述べているかどうかをたしかめる必要がある。

ただ、どうやってたしかめよう。率直に同じ質問をしても、おそらくあかりの返答は変わらない。となれば、カマをかけてみるか？　さり気なく話題を四月一日の夜に持っていき、あかりの言い分が一貫していたら、駐在さんの見間違いだと断定する。

まったく気は進まないが、それが一番、平和な方法かもしれない。よし、これでいこう。

今後の方針が決まると同時に、ポケットに入れていた携帯が震えた。取り出して発信者を見ると、あかりだった。

ちょうどいいタイミングだ。俺は電話に出る。

「はい、もしもし」

『あ、カナエくん。ごめんね、忙しくて電話に出られなかった。どうしたの？』

「え、何が？」

『何がって……一時間くらい前にかけてきたでしょ？』

「俺が……？」

そんな記憶はない。一時間前……一七時半くらいか。四月三日の一八時以前は、俺がまだ体験していない時間帯だ。だから身に覚えがなくてもおかしくない。

どういう要件で一八時以前の俺は、あかりに電話をかけたのだろう。相変わらず、引き継ぎができていない。だが、今回に限っては好都合だ。

「ちょうどあかりと話をしたかったんだ。今、大丈夫か？」

『私と？　もちろん、いいよ。何を話すの？』

「えっとだな……」

しまった。さり気なく四月一日のことを聞き出すのはともかく、話題を考えていなかった。

『カナエくん？』

「あ、ああ、すまん。その……」

なんでもいいから、とにかく会話を展開しなければ。

「――花見でもしないか？」

『え？　お花見？』

スピーカーの向こうで、あかりが戸惑っているのが分かる。俺も動揺していた。どうしてそんなことを口走ってしまったのだろう。彰人《あきと》を亡くして間もないあかりを花見に誘うのは、のんき過ぎるというか、ちょっと不謹慎だ。

「す、すまん、今のは口が滑っただけだ。聞かなかったことにしてくれ」

先の発言を撤回すると、あかりは控えめに言った。

『……いや、いいんじゃないかな、お花見』

「え、そうか？」

びっくりだ。急な誘いだったから、軽く受け流すかと思っていた。

俺から言いだした手前、やめておこうとは言いにくい。

「じゃあ……するか。でもいつにしようか。明日は俺、予定が入っちゃったし……」

速瀬《はやせ》さんの手伝いは、明日の朝六時に始まる。終わる時間は分からないが、大抵の出店は夜までやっているし、速瀬さんのところもたぶん同じだろう。なら……。

「あかりさえよければなんだけど、今夜はどうだ？」

『いいよ。夜桜だね、楽しみ』

「時間に希望はあるか？　俺はいつでもいいけど」

『うーん……なら、八時で』

「分かった。じゃあ時間になったらあかりの家に迎えに行くよ」

『うん。待ってるね』

通話終了。

予想外の展開だが、ゆっくり話をするにはいい機会かもしれない。それに、夜桜も楽しみだ。

期待と少しばかりの緊張に気分が高揚し、俺はベッドから立ち上がる。そのとき、手から携帯が滑り落ちた。

「おっと……」

拾おうと腰を屈《かが》める。携帯は床に落ちた衝撃で電源が入り、画面が表示されていた。

俺は携帯を拾い上げる。そこで、あることを思い出した。

画面を消さず、メモ機能を開く。

そこには、彰人《あきと》の死の詳細を記した三つの情報が入力されている。

・四月二日　一八時三〇分　タバコ屋裏の空き地にて彰人の遺体を発見　通報する
・彰人の死亡推定時刻　四月二日の〇時から二時頃
・四月一日　二一時頃　居酒屋『飛鳥《あすか》』に彰人が入店　〇時頃に泥酔して退店

この時間にメモが残っている。ということはつまり、俺がこの情報を入力するのは、今日、つまり四月三日の、一八時以前となるわけか。

俺はいつ、メモを残すんだろう。もし、メモするのを忘れたらどうなるんだろう。

不意に湧《わ》いて出た疑問に頭を悩ませていると、階下から俺を呼ぶお祖母《ばあ》ちゃんの声がした。

たぶん夕食の呼びかけだ。

俺は携帯をポケットに押し込み、居間へ向かう。

メモについては、今は頭の隅に留《とど》めておく程度でいいか。

夕食を済ませ、家を出る。外は肌寒いくらいだったが、以前、夜の公園で震えた反省を踏まえてインナーを重ね着したおかげで、そこまで寒さは感じなかった。

これから花見に行くことと、明日、出店の手伝いをすることはお祖母ちゃんとエリに伝えていた。今まで俺が夜に友達と会いに出かけることは滅多になかったので、二人とも驚いていた。誰とお花見するの、とエリに訊《き》かれたが、事実を伝えるのはこっ恥《ぱ》ずかしかったので、適当に誤魔化しておいた。

しばらく夜道を進むと、あかりのアパートが見えてきた。ドアホンを鳴らすのは少しためらわれたので、あかりに電話をかけて到着したことを伝える。

一分もしないうちに、あかりが肩にトートバッグをかけて玄関から出てきた。小走りでアパートの階段を下りてくる。

「こんばんは、カナエくん」

あかりは顔に喜びの色を浮かべる。昨夜、アパートの前でボロボロ泣いていたのが嘘《うそ》みたいな笑顔だ。

……や、当たり前か。夜の学校に侵入したのはあかりにとっては明日、未来の出来事だ。

四月三日のあかりは、夜に屋上で抱き合ったことも、アパートの前で泣きながら俺に謝ってきたことも、まだ知らない。

だから俺は、平常心であかりに挨拶《あいさつ》を返す。彰人《あきと》の話題は出さないように、と留意しつつ。

「ああ、こんばんは。悪いな、急に誘って」

「ううん。私もお花見したいなって思ってたから、ちょうどいいよ」

笑顔を浮かべながら言うあかりに、そっか、と俺は相槌《あいづち》を打つ。たぶん、あかりは気を使ってそう言ってくれている。

今日は四月三日。彰人が亡くなってから、まだ二日も経《た》っていない。あかりにとっては、おそらくまだ寂しさや悲しさが残る時期だ。それでもこうして花見に来たのは、暗い気持ちを紛らわせようとしているからかもしれない。

なら、俺は変に気を使わず、いつもどおり接するべきだろう。

「よし。じゃあ、行くか」

俺たちは神社に向かって歩きだした。

街灯の少ない薄暗い夜道を、あかりは軽快に進む。

「それ、何を持ってきたんだ?」

俺はあかりのトートバッグを指して言った。

「お花見だから、お弁当がいるかと思って。あと、レジャーシートとブランケットを」

弁当……しまった。花見なのに、俺は何も持ってきていない。会うのが夜八時で少し遅い時間だから、てっきりあかりも夕食を食べてくると思い込んでいた。

「悪い！　俺もなんか持ってくるべきだった。今からでもスーパーに寄ろうか」

「いや、いいよ。ちょっと多めに作ったから、二人で食べよ」

あかりの優しさが胸に沁《し》みる。今さらながら、いい幼馴染《おさななじみ》を持った。

「ありがとう。弁当、作るの大変じゃなかったか？」

「おにぎり握っただけだから大したことないよ。あんまり期待しないで」

「いや、楽しみにしとくよ。あかりの手料理を食べるの、初めてだしな」

「そんな……手料理なんて大げさだよ」

あかりは恥ずかしそうに目を伏せた。

間もなくして神社に着いた。誰もいないと思っていたが、意外と多くの人がいた。中年くらいの大人が桜の下に集まって、酒を飲みながら騒いでいる。

「……人、結構いるね」

あかりがちょっと残念そうに呟《つぶや》いた。

「明日は大漁祭だからな。その前夜祭でもやってるんだろう」

「ああ、そういや大漁祭があるんだったね……じゃあ、仕方ないか」

いまいち気乗りしない様子のあかりに、俺は少し迷ってから提案する。

「廃集落の公園に行ってみるか?」

「廃集落……ってあの、ロールバックを起こしたっていう祠《ほこら》があるとこ、だっけ?」

「そうそう。行ったことあるだろ?」

「いや、カナエくんから話に聞いただけで行ったことは……」

「え? でも俺にロールバックの説明をしてくれたときに——」

って、それはあかりにとって未来の話だ。また同じミスを繰り返してしまった。本当に頭がこんがらがる。

「——すまん、理解した。あかりは、まだ行ったことはないんだな。じゃあ、これから案内するよ」

俺が廃集落の方角に向かって歩きだすと、あかりは困惑した様子でついてきた。

足を進めながら、ややこしいな、と心の中で愚痴《ぐち》を吐く。いずれあかりにロールバックの法則を説明しなければならないというのに、こんな調子で大丈夫なのか。

……説明。

そういや、あかりはどのタイミングで俺からロールバックの説明を受けたのだろう?

今の段階であかりが知っているということは、説明したのは四月三日の一八時より以前となるはずだ。

一応、確認しておくか。

「なぁ、あかり」

「ん?」

「俺があかりにロールバックの説明をしたのって、いつだ?」

歩きながら横目であかりの顔を窺《うかが》う。あかりは、なんでもないふうに答えた。

「えっと、一昨日《おととい》の夜だよ」

一昨日。今日が四月三日だから……四月一日か。

四月一日?

それは変だ。一日の夜に俺とあかりは会っていないはず。他でもないあかりが「その日はカナエくんとは堤防で会ったきりだから」と言っていた。あかりが日付を間違えているのか?

どうやって俺から説明を……。

ああ、そうか。

何も会う必要はない。説明するだけなら電話でもできる。たしか、四月一日にあかりと通話した記録があった。

俺はこっそりとポケットから携帯を取り出し、四月一日の通話履歴を見てみた。

四月一日の二一時、立て続けに二度、あかりに電話をかけた履歴が残っていた。この電話でロールバックの説明を済ませたとしたなら、筋は通る。

だが……本当にそうだろうか。

俺は二一時に行われた通話の詳細を見てみた。ロールバックの説明を電話で行ったなら、最低でも数分は要するはず……だというのに、二回かけたうちの一つは不通で、もう一つはたったの三秒しか通話していなかった。

三秒でロールバックの説明を済ますのはいくらなんでも無理だ。

メッセージを送った形跡もない。だったらもう、直接会って説明した以外に選択肢がない。

一応、自宅の固定電話を使ったとか、誰かに言伝《ことづて》を頼むとか、そういう可能性もなくはないが……今、目の前を歩くあかりに訊《き》いたほうが早い。

携帯をポケットに押し込み、俺は尋ねる。

「ロールバックの説明って、四月一日に俺と直接会ってしたのか？」

「うん、そうだよ」

即答だった。

俺は少しめまいを覚えた。

あかりは、たしかに「そうだよ」と答えた。これは明らかに以前の発言と矛盾している。

「……そう、か」

なんとか声を絞り出したものの、動揺で視界が揺らいでいた。

どうして、あかりは嘘《うそ》をついたんだろう……違う。どうして、明日のあかりは嘘をつくんだろう。理由が分からない。そんなことをして何になる？

あかりは、何を隠している——？

「わっ」

突如として尻《しり》に走った痛みで思考は中断される。

溝に足を突っ込んで尻もちをついた。足元が暗くて気づかなかった。

いや、ドジっ子か、俺は。めちゃくちゃ真剣に考えているときに、何やってんだ。

「か、カナエくん大丈夫？　立てる？」

「ああ、平気だ」

へら、と笑ってみせて俺は即座に立ち上がる。少々尻が痛むが、すぐ収まるだろう。怪我《けが》もしていない。

ズボンについた土埃《つちぼこり》を払う。再び歩きだそうとしたら、あかりに「ちょっと待って」と呼び止められた。

「まだ汚れてる」

あかりは俺のそばにしゃがみ込むと、俺のズボンをパタパタと叩《たた》きだした。まるでお祖母《ばあ》ちゃんみたいなことをする。居《い》たたまれず「いいよ」と言って離れようとすると、「じっとして」とズボンを掴《つか》まれてしまった。逃げられない。

転んだところを見られたうえに、その後始末まで任せてしまうとは……恥ずかしくて背中から変な汗が出てきた。

「はい、これで大丈夫」

あかりは立ち上がり、ニコリと笑いかける。

「あ、ありがとう」

礼を言って、俺たちは再び廃集落に向けて歩きだした。

歩きながら、俺は自分の手のひらに爪《つめ》を立てる。

――ああ、くそ。

あかりのこと、疑いたくねえな。


夜の学校もまぁまぁ雰囲気があったが、夜の廃集落はそれ以上だった。

街灯はあっても、明かりが点《つ》いていないため、辺りは暗闇《くらやみ》に包まれている。遠くから聞こえる猫の鳴き声と、たまに足元をよぎる小動物の気配が、一層、恐怖心を煽《あお》った。

そんななかを、携帯のライトで先を照らしながら歩いている。正直、かなり怖かった。夜の学校では平気そうにしていたあかりもさすがに怯《おび》えているようで、俺の腕を強く掴《つか》んでいる。

「か、カナエくん。本当にこっちで合ってる?」

「たぶん……」

暗すぎて道が合っているか自信がない。ただ、合っているならもうすぐ着くはずだ。

歩みを進めていると、路地の出口が見えてきた。

たぶん、あそこだ。歩みを速め、俺たちは路地を抜ける。

ビンゴだ。前方には打ち捨てられた公園があった。敷地内には、暗闇《くらやみ》を照らさんばかりに、見事な桜が咲き誇っている。

風に吹かれて桃色の花弁が舞っている。その一枚一枚が携帯のライトに照らされ、ちらちらと夜空に瞬いていた。

「わあ……」

あかりは小さく感嘆の声を上げる。俺の腕からするりと離れ、誘われるように桜の幹に歩み寄った。怖《おそ》れは感動に上書きされたようだった。

「すごい……こんなとこあったんだ……」

「だろ？　俺も先日見つけたばかりなんだけど、すごいよな」

俺はライトを点けたままにして、携帯をジャングルジムのそばに置いた。桜がライトアップされ、周囲は少しだけ明るくなる。

「ここなら誰も来ないだろうし、ゆっくり花見ができるな」

「うん……そうだね……」

あかりは上の空で返事をした。今は桜を眺めることに夢中のようだ。しばらくそっとしておこう。

俺は桜の樹の後ろに回って、祠《ほこら》の中を覗《のぞ》いてみた。以前と変わらず、亀裂《きれつ》の入った石がある。

もう一度触れてみれば何か変わるかもしれない、と思って手を伸ばした。が、事態が悪化しても困るので、やめておいた。

花見の弁当もそうだが、祠《ほこら》にお供え物でも持ってくればよかったな、などと思いながら、あかりのそばに戻ろうとして、俺は足を止めた。

あかりは、降ってくる桜の花弁を掴《つか》むように、右手を目線の高さに掲げていた。少しして、手のひらを上に向けたまま右手を下ろし、受け止めた花弁を、ふっ、と息で飛ばす。そして柔らかく微笑《ほほえ》んだ。

素敵だな、と思った。綺麗《きれい》で、可愛《かわい》くもあったけど、今のあかりはちょっと離れたところでずっと眺めていたくなる、そういう種類の魅力に満ちていた。俺はただ、呆然《ぼうぜん》とあかりを見ていた。

ややあって、あかりがこちらに気づいた。

「……カナエくん？　どうかした？」

「あ、ああ、すまん」

我《われ》に返る。そして、俺は続けた。

「――つい」

見とれて――と口に出しそうになった。

「つい？」

あかりが頭上にはてなマークを浮かべて首を傾げる。同時に、俺はすさまじい既視感を覚えた。同じようなやり取りを、以前にもした。

以前はたしか、慌てて誤魔化したのだ。みかん食べてた、とか言って。そしたらあかりは、心なし残念そうな表情を浮かべていた。

今回も同じように誤魔化すか？

本音を偽るか？

……いや。今回はちょっとだけ、勇気を振り絞ってみよう。いつか屋上であかりから向けられた好意を、この場で、ささやかではあるが言葉にして返す。

「つい——見とれて」

俺はきっぱりとそう言い切った。

だが。

「だよね！　この桜、すっごく綺麗。私、びっくりしちゃった」

目をキラキラさせるあかり。見とれて、を自分ではなく桜と勘違いしたようだ。

俺は肩透かしを食らう。しかしここで引いたら前回と同じだ。だから思い切って、もう一歩踏み込む。

「いや、違うよ」

「へ？」

あかりはキョトンとする。

「今のは桜のことを言ったんじゃない」

そう説明を加えたあとも、あかりは何を言われたのか分からないような表情をした。だが間もなくして理解が追いついたようで、みるみるうちに顔が赤く染まっていく。そして肩を小さく丸めて、自分の前髪をいじり始めた。

「あ、えと……そ、そうなんだ」

「お、おう」

これは……想像以上に恥ずかしい。少々ぶっちゃけすぎたかもしれない。

次の言葉が出てこず悶々《もんもん》とする。あかりも、目を泳がせたままその場でじっとしていた。

しばらくの間、沈黙が流れる。不意に冷たい風がうなじを舐《な》め、俺は身震いした。

「と、とりあえず座るか。立ちっぱなしもなんだし」

「そ、そうだね。座ろっか」

あかりがトートバッグの中からレジャーシートを取り出し、桜の下に広げた。

俺とあかりは靴を脱いでシートの上に座る。そこまで大きなシートではないので、俺の膝《ひざ》とあかりのふとももが微妙に触れていた。

「じゃあ、早速だけど、おにぎり食べる？」

「ああ、食べよう」

　正直なところ、二時間ほど前に夕食を済ませたばかりなので、お腹は空いていなかった。だが当然、そんな野暮なことは口にはしない。

　あかりがバッグから弁当箱を取り出すと、それを膝の上に乗せ、蓋《ふた》を開けた。中には三角おにぎりが一〇個も入っていた。

「結構はりきったな」

「あはは……久しぶりに握ると、止まんなくて」

「じゃあ、いただくよ」

　俺はおにぎりの一つを手に取る。綺麗《きれい》な形をしていて、まだほんのりと温かい。おにぎりにかじりつくと、中に鮭《さけ》が見えた。好きな具材なので、少し嬉《うれ》しくなる。

「うん、美味《おい》しい」

「ほんとに？　よかった。たくさん食べてね」

　俺は一心におにぎりを頬張《ほおば》る。あかりの好意を無駄にしないためにも、俺は黙々と咀嚼《そしゃく》した。それを、あかりはニコニコしながら見ていた。

「あかりは食べないのか？」

「食べるよ。じゃあ、いただきます」

　おにぎりを掴《つか》み、あかりは控えめにかぶりつく。咀嚼して、飲み込む。あかりがおにぎりを一個食べ終わる間に、俺は三個目に手を伸ばす。

「なんか、小学校の給食を思い出すな」

あかりが口におにぎりを含みながら「ほうらね」と呟《つぶや》く。

「小学生のときから、あかりは飯食べるのが遅かったよな。いつもクラスで最後だったし」

ごくん、とあかりは口の中にある分を飲み込む。

「あの頃は身体《からだ》がちっちゃかったからね。実は結構しんどかった」

「無理しなくていいのに残さないからだよ。毎回、涙目で口いっぱいに頬張《ほおば》ってたから、見ててちょっと心配だったぞ」

「だってもったいないんだもん。それで一回、戻しちゃったけど」

「そんなこともあったなぁ……」

「あのとき、掃除手伝ってくれたのカナエくんだけだったの、私、覚えてるよ」

「……そうだっけな」

昔のことを話しながら食事を続け、三〇分ほどで全部のおにぎりを平らげた。俺はキツくなったウエストを擦《さす》る。

「ふー、お腹いっぱいだ。たくさん食べたな」

「だね。お茶、飲む？」

「ああ、いただく」

あかりは魔法瓶を用意して、コップにお茶を注ぐ。お茶からは湯気が立っていた。

俺は礼を言い、あかりからコップを受け取る。そのとき、一瞬だけ手が触れた。

「カナエくんの手、冷たいね」

「そうか？　普通だろ」

お茶を飲み干し、コップをあかりに返す。するとあかりから、す、と手を差し伸べられた。

「手、貸してみて」

「なんだ、手相でも見てくれるのか？」

冗談交じりに言いながら右手を差し出す。するとあかりは、俺の手を両手で掴《つか》んで、ぐい、と自分の顔に近づけた。柔らかい感触と揉《も》みほぐすような手付きに、鼓動が速くなる。

「やっぱり、ちょっと冷たい」

「こ、心が温かいからかな」

「なるほど」

適当に言っただけなのに、納得されてしまった。

振りほどく気にもなれず、俺は握られるがままにしていた。どうも落ち着かず、目を左右に泳がせる。そのうち、手より先に顔が熱くなってきた。

以前から気になっていたが、ここ数日のあかりはどうしてこう積極的なんだろう。今の状況もそうだし、夜の学校で屋上に上ったときもだ。俺が知らない間に、急速に距離を縮めるような出来事でもあったのだろうか。だとしたら、それはいつ起きたんだろう。今日、四月三日の一八時より以前だとするなら、四月三日の日中か、二日か、一日か――。

「カナエくんさ、小学二年生のとき、私を助けてくれたの覚えてる？」

あかりの問いかけで、現実に引き戻される。

「え？　小学二年？」

「うん。私が肌のことでいじられてたら、カナエくんが教室から連れ出してくれたやつ」

「そんなことあったっけな……」

「そのときにね、カナエくん、私を慰めようとして、私の手を口に入れたんだよ」

うろ覚えだった記憶が、はっきりとした輪郭を持って脳裏に浮かび上がる。遅れて、羞恥《しゅうち》心《しん》と後悔がやって来た。

「うわー、思い出した。あれ、めっちゃ恥ずかしい記憶だから忘れたいんだが……」

「えー、どうして？　私、嬉《うれ》しかったけどな」

「いやいや……人の手をいきなり口に含むとかないだろ……いくら小学二年生でもさ……」

「そうかなぁ」

あかりは両手で掴《つか》んだ俺の手をまじまじと見つめ、さらに顔に近づけた。そして、口を大きく開く。

心臓が跳ね上がる。まさか過去の俺と同じことを？　と思ったら違った。そのまま「はあー」と俺の手に息を吹きかけた。湿っぽい温かさが、右手を優しく包んだ。

「温かくなった？」

あかりはからかうように目を細めた。

「……全身ポカポカだよ」

「ふふ、よかった」

俺はため息を吐《つ》きそうになる。

満ち足りた時間だった。あまりにも居心地がいいから、忘れそうになる。

あかりが、俺に隠し事をしているかもしれない、ということを。

いっそ完全に忘れてしまえれば、心から幸せな時間に浸っていられただろう。でも、そういうわけにはいかない。彰人《あきと》の死を防ぐために、不確定要素はできる限り排除しておきたい。人命がかかっている状況で、有耶無耶《うやむや》に済ませることはできない。

「カナエくん？　どうしたの？」

俺が考え事をしていると、あかりが心配そうに声をかけてきた。

こちらに向けられた瞳《ひとみ》は純真そのもので、冬の空のように澄んでいる。

散々悩んだ挙げ句、俺は思い切って訊《き》いた。

「あかり。気を悪くさせたら、申し訳ないんだけどさ……」

「ん？」

「俺に、何か隠し事してないか？」

あかりは眉《まゆ》を寄せる。

「……隠し事？」

「ああ。たとえば……四月一日の夜に何があったか、とか」

あかりのほうから、きゅっ、と心臓が締め付けられる音が聞こえた——気がした。それくらい大きな動揺が、あかりの手から伝わってきた。

顔を悲しげに曇らせるのと同時に、あかりはゆっくりと俺の手を離す。右手だけでなく、俺は心臓まで冷たい外気に晒《さら》された気がした。

「……それは」

あかりは消え入りそうな声を発する。だが、そこから先に言葉は続かなかった。

俺はあかりが喋《しゃべ》るのを待った。いつまでも待つつもりだった。

たっぷり一分ほどの時間を置いて、あかりは苦しげに口を開いた。

「それは、言えない」

俺は耳を疑う。

「言えないって……冗談だろう？」

それはもう、隠し事をしていると認めているようなものではないか。

「余計、気になるだろ。言えないようなことがあったのか？」

「それは……」

「話してくれよ。俺のこと、信用してないのか?」

「そ、そんなことない!」

あかりは語気を強めて言った。

「私が言わなくても、いずれ分かることなの。ここで言う必要がないだけなの。だから……」

あかりは悲痛に顔を歪《ゆが》める。

「そんなこと、言わないで……」

途切れ途切れなうえに、その声は震えていた。

まるで捨てられた子犬を蹴《け》り飛ばしたような不快感が、俺の胸に広がった。

「……分かったよ。その、変なこと訊《き》いて悪かったな」

必要な問いかけだったとはいえ、もう少し訊き方ってものがあった。

あかりは俯《うつむ》いて、弱く首を振る。

「私のほうこそ、ごめんなさい」

「……いいよ」

俺は桜の幹に置いていた携帯を拾い上げ、時間を確認する。もう一〇時だった。未成年が外をうろついていたら補導される時間だ。

「そろそろ、帰るか」

あかりは気落ちした様子で俯き、名残《なごり》惜しそうにこくりと頷《うなず》いた。

帰る途中、俺とあかりの間に会話はほとんどなかった。数少ない会話も当たり障りのない言葉のやり取りで、あかりをアパートに送り届けたあとには、何を話したかすっかり忘れてしまった。


帰宅してすぐ、俺は風呂《ふろ》に入った。

湯船に肩まで浸かり、どっと息を吐く。

疲れた。あかりを疑うような真似《まね》さえしなければ、最後まで楽しい時間を過ごせただろうに。こんな暗澹《あんたん》とした気分になることもなかった。どれだけ念入りに身体《からだ》を洗っても、胸にこびりつく罪悪感までは拭《ぬぐ》えない。

でも、収穫はあった。

あかりは、何かを隠している。だが間違いなく悪意はない。何か事情があって黙っているのだろう。その事情が何かは、分からないが……。

とにかく、あかりを疑うのはもうやめだ。これ以上追及しても、あかりを傷つける結果にしかならない。

彰人《あきと》が死んだ四月一日の夜、俺が何をしていたかも、もう深く考えないほうがいいかもしれない。あかりの「いずれ分かる」を鵜呑《うの》みにするわけではないが、その件に執着しても軋轢《あつれき》を生むだけで、得られるものが少ない気がしてきた。

俺はざばりと浴槽から立ち上がる。

明日は速瀬《はやせ》さんと約束した出店の手伝いがある。朝六時までに神社へ向かわないといけない。手伝いに備えて、今日は早めに寝るとしよう。


翌日。

四月四日、水曜の朝五時半。

眠気を我慢しながら、俺は速瀬さんの手伝いをしに神社へ向かっていた。外はまだ星が見えるほど暗い。しかし東の空にはうっすらと太陽の気配を感じられた。

俺は歩いて神社を目指し、約束の六時よりも少し早い時間に到着する。すでに何人かが出店の用意を始めており、運営者らしき法被《はっぴ》を着た人が、慌ただしく境内を駆け回っていた。

境内の入り口でぼうっと佇《たたず》んでいると、「おーい」と声をかけられた。声のした方向を見ると、速瀬さんが立っていた。その近くには数人の大人が一か所に固まっている。

俺は速瀬さんのもとへ駆け寄った。

「おはよう、船見《ふなみ》くん。悪いね。こんな早くから」

「いえ……それより」

ちら、と速瀬さんの周りにいる大人に目をやる。大体二〇代から四〇代くらいの男女が四人だ。

「ああ、この人たちもお手伝いさんだよ」

「あ、そうなんですね」

結構多いな。俺、本当に必要だったのかな……などと自分がいる意味に疑問を感じていたら、速瀬《はやせ》さんから「ほら、みんなに自己紹介して」と促されたので、俺は言われたとおりにした。すると他のお手伝いさんたちも、自己紹介してきた。

「じゃあ、早速だけどテントを建てるから手伝って。はい、これどうぞ」

渡された軍手をはめながら、前を行く速瀬さんについていく。そのまま境内にある納屋に入り、骨組みを指示された場所に運び出した。

納屋と、出店の設営場所を往復する。一時間もせず、白い三角屋根の簡素なテントが横並びに三つできあがった。そこからさらに、近くに停《と》めた車から、テーブルや調理器具、看板などの備品を運び、七時半頃に、ほぼすべての準備が整った。

俺は出店を前にして呟《つぶや》く。

「結構でかいな……」

出店と聞いて想像するようなものではなく、祭りの実行本部くらいの規模があった。

俺の呟きを耳にしたのか、速瀬さんが近づいてきた。

「ウチはいつもこんなんだよ。知らなかったの？」

「はぁ。祭り、あまり参加しなかったので……」

「えーもったいない。じゃあ来年から参加しなよ。今日は頑張ってね」

ポン、と肩を叩《たた》かれる。気が重くなってきた。

速瀬さんは俺を含むお手伝いさんを集め、それぞれ調理や受付といった役割を与える。俺は裏方だった。材料の補充、料理の包装など、言ってしまえば雑用だ。

ただでさえ貴重な春休み。これから彰人《あきと》を救わなきゃいけないのに、こんなことをしている場合なのだろうか……。


朝九時頃から客足が増え始め、忙しくなってきた。正午を前にした今、神社の境内はすでに人で溢《あふ》れている。

袖島《そでしま》の大漁祭は本土のほうでもそこそこ名の知れたイベントで、島外からの見物客が多い。祭りの目玉は、昼頃に行われる船渡御《ふなとぎょ》だ。七福神が乗る宝船みたいな豪華な船が、袖島近海を遊覧し、海上の安全と大漁を祈願する、というイベントだ。俺にはよさが分からないが、見物客にとっては珍しいのだろう。

それより、今はこの出店の手伝いから解放されたい気持ちでいっぱいだった。遅くとも一八時までには家に帰りたい。このままだと、またややこしい状況でロールバックを迎えてしまう。

「あ」

ややこしい状況で思い出した。

ロールバック前の、今日の一八時頃。俺は酔っぱらいに絡まれていた。喧嘩《けんか》を売られそうになって困り果てていたところを、速瀬《はやせ》さんに助けてもらったのだ。

結局、あのときの俺はどうして喧嘩を売られていたのだろう。これから分かることになるのだろうか。俺が赤の他人を怒らせるような真似《まね》をするとは思えないのだが……。

「……ん?」

新たに疑問が湧《わ》く。

もしロールバックが起こる一八時までに、俺が大漁祭の会場から離れていたらどうなるのだろう。会場にはいないのだから、酔っぱらいに絡まれることはなくなるはず。つまり未来……四日の一八時以降が改変される。SF的な単語を使うと、タイムパラドックスが発生する。

それって、起こしても大丈夫なんだろうか。漫画やアニメでは結構気軽にタイムマシンで過去を変えている印象がある。けど、フィクションの世界で大丈夫な現象が、現実でも大丈夫とは限らない。

いや、でも、そもそも俺は『彰人《あきと》が死んだ』過去を変えようとしているのだから、タイムパラドックスの心配をするのも、今さらか。

物は試しだ。一八時前に祭り会場を離れてみよう。

時間が来るまで、出店の手伝いを頑張るか。

一七時半。足が棒のようだった。

疲れた……途中、何度か休憩はもらえたものの、それでもしんどい。給料が出るのか出ないのか分からないが、普通にお金をもらっていいレベルの労働だと思う。

一八時が近づいているし、そろそろ帰らせてもらうか……と話を切り出そうと速瀬さんの姿を捜したら、突然、頬《ほお》に熱いものが触れた。

「お疲れ様。はいこれ、差し入れ」

速瀬さんだった。頬に当てられたのはホットの缶コーヒーだ。

缶コーヒーを受け取り、俺はお礼を言う。

「ありがとうございます。……それとあの、すみません。俺、そろそろ帰らないと……」

「ああ、いいよ。私も今それを伝えようと思ってた。けど帰る前に、缶コーヒーだけでも飲んでってよ。ちょっとお礼したいからさ」

お礼。なんだろう？

ちょっと楽しみにしつつ、俺は出店の裏に回り、地面に腰を下ろした。缶のプルタブを起こし、コーヒーを飲む。ほどよい甘さが疲れた身体《からだ》に沁《し》みた。

半分ほど飲んだところで、速瀬さんが「よっこいしょ」と呟《つぶや》いて俺の隣に座った。

「船見《ふなみ》くん、全然ミスしないし要領もいいからすごく助かったよ。もし高校卒業したらウチの酒屋で働かない？」

「あー……まぁ、考えておきます」

「絶対来ないやつだ。まぁ冗談だからいいけどさ」

速瀬《はやせ》さんはポケットからタバコを取り出すと、ライターの代わりにチャッカマンで点火し、スパスパと吸い始めた。

「はー、今年も忙しかったなぁ。どうせ売上は神社に寄付されるんだから、あんなに繁盛しなくていいのに……あ、タバコ大丈夫だった？」

「あ、はい。大丈夫です」

速瀬さんは煙を肺に溜《た》めたまま、よかった、と言った。

会話が途切れ、俺と速瀬さんの間に沈黙が下りる。

俺は缶コーヒーを飲みながら、目だけで隣を見た。速瀬さんはぼおっとしながらタバコを吸っている。少々失礼な言い方だが、黙っていると美人だ。高校時代、彰人《あきと》の彼女だったのも頷《うなず》ける。野球部のマネージャーでもあったし、ある意味、彰人の最も近くにいた人間かもしれない。

そんなことを考えていたら、速瀬さんがこちらを向いた。

「今日はありがとうね。彰人の代わりに入ってくれて」

「いえ……え、彰人？」

「あれ、言ってなかったっけ？　ほんとは彰人が入る予定だったんだよ、出店の手伝い。それが死んじゃったから、人員が足らなくなったってわけ」

「そういうことだったんですか……」

なんというか、複雑な心境だ。

「仲よかったんですね」

「最近は全然だけどね。高校のときと比べたら」

「高校時代の彰人って、どんな感じでした？」

なんとなく気になって訊《き》いてみた。

「そりゃあ、カッコよかったよ。袖島《そでしま》高校じゃちょっとしたスターだったし、みんな憧《あこが》れてた」

「ああ……それはそうですね」

中学生のとき、クラスで浮いていた俺でも知っていたくらいだ。

「プライベートなことが訊きたいの？　そうだなー、まぁ典型的な俺様タイプだったよね。プライドが高くて、負けず嫌いで。でもその分、誰よりも努力してた」

「へえ……」

「肩を壊すまではね」

「……え？」

俺は驚いて速瀬さんを見る。

「何、その初めて知ったような反応」

「いや、初めて知ったんですけど……」

「変なこと言うね。昨日は自分から言い出したくせに」

たぶん、俺がまだ体験していない時間帯の話だ。

「どうして彰人《あきと》は肩を壊したんですか？」

俺が質問すると、速瀬《はやせ》さんは吸い終わったタバコを携帯灰皿に押し込んだ。

「それはもう説明したでしょ。昨日も言ったけど、二度も話すのは嫌《いや》なの」

速瀬さんは立ち上がると、自分の財布から千円札を取り出し、俺に握らせた。

「ささやかなお礼だよ。受け取っといて」

「あ、ありがとうございます」

半日近く働いた報酬が千円か……ため息を吐《つ》きそうになるのを我慢して、俺は千円札を折りたたんでポケットにしまう。

「じゃ、今日は本当にありがとうね。助かった。また来年もできればよろしくね」

そう言って、速瀬さんは出店の中に戻った。

来年もタダ働き同然の手伝いをするのは絶対にごめんだが、それはそれとして、彰人のことが気になっていた。

彰人が肩を壊した話は初耳だ。いつ壊したのだろう。俺が袖島《そでしま》を離れてからだろうか。

投手として活躍していた彰人にとって、肩の故障は悪影響どころの話ではなかったはずだ。

ただ、それにしても速瀬さんのあの言いぶり。

『肩を壊すまではね』

まるで、肩を壊してから変わってしまったような……。

地面に座ったまま、俺は唸《うな》り、はたと気づく。携帯で時間をたしかめると、ロールバックが起こる一八時まで残り五分を切っていた。

まずい。早く祭り会場から離れないと。

立ち上がると同時に残った缶コーヒーの中身を一気に飲み干す。空き缶を近くのゴミ箱に捨て、俺は境内の出入り口を目指した。誰かにぶつかったりしないよう周りを警戒しつつ、走る。

出入り口が見えてきた。よし、もうすぐ会場を出られる——と思った矢先に「彰人が」と誰かが口にしたのを聞いた。

俺は足を止める。急がなければならないのは分かっている。けど、どうしても気になってしまった。

振り返ると、焼き鳥の出店にできた行列に、二人の若い男が並んでいた。彼らが彰人の話をしているようだ。

ロールバックまで猶予はまだある。俺は気配を消して二人の後ろに並び、会話を盗み聞きした。

「——俺、彰人に金貸したままなんだよな」

「お前もか……俺もやられたよ。あいつ、飲み屋でも大量にツケがあったらしいぜ」

「マジ？　どんだけ金に困ってんだよ」

「しかも、本土の暴力団みたいな連中とつるんでたみたいなんだよな、彰人《あきと》。それで金せびられてたんじゃね？」

「うわ、もうただのチンピラだろ、それ」

彰人が借金？　それに、暴力団？

まさか。彰人がそんな小悪党みたいな真似《まね》をするはずがないだろう。——と思っているにもかかわらず、俺はその場から離れられなかった。二人の話と、彰人が肩を壊したことに何か関係があるように思えてならなかったのだ。

だからもう少し話を、と聞き耳を立てていたら、グリーンスリーブスのチャイムが流れ始めた。

しまった。もう時間が。

せめてここより人の少ない場所へ移動しようと、俺は後ずさる。そのとき、後ろに並んでいた客の足を踏んづけてしまい、俺はその客を巻き込んで背中から派手に倒れた。

俺は慌てて立ち上がり、謝罪しようとする。

「す、すいま——」

ハッ、と息が止まる。

後ろに並んでいた客の顔には見覚えがあった。ひと目で酒を飲んでいると分かる赤ら顔。二度目のロールバック直後、俺に喧嘩《けんか》を売ってきた酔っぱらい――目の前の男が、そうだった。

男は尻《しり》もちをついたまま「痛ってえな」と呟《つぶや》き、俺を睨《にら》む。やばい、このままでは喧嘩になる。急いで謝罪を――。

間章（四）

中学二年の冬。カナエくんが東京へ行くことを私に告げた、あの日。

私はカナエくんと別れてから、重い足取りで家に帰った。

家の鍵《かぎ》を開け、玄関に上がる。お兄ちゃんは部活、お母さんはスナックの仕事で、この時間はいつも私一人だ。薄暗い廊下を進むと、静まり返った家にギシギシと床板の軋《きし》む音が反響した。

居間に学生鞄《がくせいかばん》を置いて、私はよろめきながら洗面所に向かう。

洗面台の鏡に映る自分の顔は、石のように青白く強張《こわば》っていて、眉間《みけん》に浅い皺《しわ》ができていた。外が薄暗くてよかった。こんな顔、カナエくんには見せられない。

「はは……」

自分の顔が可笑《おか》しくて、つい笑ってしまった。笑いながら、抑えていた涙がポロポロと目からこぼれ落ちた。笑いはゆっくりと嗚咽《おえつ》に変わって、私は洗面所でうずくまった。悲しくてたまらなかった。

ひとしきり泣いたあと、私は自室へ向かい、ベッドに倒れ込んだ。制服から着替える気力もなかった。

「……東京、か」

携帯を取り出し『東京　高校生　一人暮らし』で検索してみる。

生活費だけで月に最低数万円、引っ越しに何十万、そこに入学金、授業料が加算されて……

計算するだけで頭が痛くなってきた。私が東京へ行くのは無理だ。

中学を卒業したら、もうカナエくんに会えないかもしれない。そう考えると、もう出し切ったと思っていた涙が、また滲《にじ》み出てくるのを感じた。

私は、どうすればよかったんだろう。

悩んでいても月日は流れる。

私とカナエくんは中学三年生になった。私たちは部活終わりに一緒に帰る関係から、前進も後退もしていなかった。ただ、春が終わり、夏も中盤を過ぎた辺りで私が水泳部を引退すると、カナエくんといられる時間は以前よりも長くなった。

限られた中学生活。私はなんとかして今の時間を引き延ばせないか考えた。どうすれば、もっと長い間カナエくんと一緒にいられるか。

一番手っ取り早いのは、カナエくんに上京を諦《あきら》めさせることだ。でも「応援する」と言った手前、今さら「やめときなよ」なんて言えない。そもそも、家族でも恋人でもない私が、カナエくんの進路にあれこれ口出しする資格などない。

私が悶々《もんもん》としているうちにも、カナエくんは上京の段取りを整えていった。

「俺、行く高校、決めたんだ」

学校からの帰り道、カナエくんはそう言った。

「I大学って聞いたことあるだろ？　そこの付属高校を受けることにしたんだ。偏差値はちょっと高いけど、合格さえすれば内部進学で大学に進める」

付属高校、内部進学。単語自体は知っている。けれど馴染《なじ》みがないので、人の口から聞いても頭が意味を捉えきれず、言葉は右から左へ耳を通り抜けていく。「すごいね」「頑張れ」としか言えない自分が、ただの傍観者みたいで情けなかった。

家に帰ってから、カナエくんが受ける高校を調べてみた。カナエくんは「ちょっと」と言っていたけど、偏差値は相当高かった。ただ、それより私が驚かされたのは、学費だ。私の家の経済力では絶対に通えない。

『私は東京へ行けない』という実感が、左右から迫る壁のように私の自意識を押し潰《つぶ》した。

口ではカナエくんの上京を応援しながら、胸の内ではその真逆のことを考える。そんな日々のなかで、私は何一つ懊悩《おうのう》を消化できないまま、中学三年の秋を迎えた。

風が冷たくなり始めた頃、ある事件が起きた。

お兄ちゃんが、肩を壊した。

詳しいことは知らない。私が家にいたら、珍しくお母さんとお兄ちゃんが一緒に帰ってきた。お兄ちゃんは真っ青な顔をしていて、お母さんはずっと悲痛な表情を浮かべていた。

肩が炎症を起こしてるらしいの、とあとでお母さんが教えてくれた。

「今度、手術を受けなくちゃいけなくてね……彰人《あきと》、もう野球ができなくなるかもしれないの。すごくショックを受けてるから、肩のことには触れないであげてね」

私は頷《うなず》いた。言われなくてもそんなデリケートな問題に触れる気は起こらなかったし、お兄ちゃんからも「肩、壊したこと絶対に誰にも言うなよ」と釘を刺されていた。

当時の私はカナエくんのことで頭がいっぱいで、正直、お兄ちゃんを心配する余裕なんてなかった。

ただ、それでもあの夜。私が自室で宿題をしていたとき、壁越しに伝わってきたお兄ちゃんの声を聞いて、私は少なからず動揺した。

「クソ、クソ……！　なんでだよ、あれだけ頑張ったのに。なんで……クソ……もう、野球しかないのに……父さんだって、褒めてくれたのに……うう……なんで……」

私はどうしようもなく悲しい気持ちになった。

野球は、きっとお兄ちゃんの拠《よ》り所《どころ》だったのだろう。思えば、お兄ちゃんは昔から野球一筋だった。小中高はもちろん、それ以前から、毎日のようにお父さんとアパートの前でキャッチボールをしていた。

私は、お兄ちゃんのことが昔から好きじゃなかった。しょっちゅう私に意地悪してくるし、人使いは荒いし、ちょっと気を損ねただけで八つ当たりしてくる。私は物理的にも心理的にも、できるだけお兄ちゃんから距離を取るようにしていた。でも、このときばかりはお兄ちゃんに同情した。

この日からお兄ちゃんは、ゆっくりと、だけど着実に道を踏み外していった。

結果的に、私はカナエくんの上京を止められなかった。カナエくんは東京のI大学の付属高校に合格し、春から東京にいるお父さんのもとで暮らすことが決まった。

一方で私は、カナエくんがいなければどこの高校に行っても同じだと考えていたので、一番近くてお金がかからない袖島《そでしま》高校に進学した。高校入試のときも、合否が発表されたときも、私の心が動かされることはなかった。

そして、中学校の卒業式が訪れた。

カナエくんと一緒に下校できる、最後の日。

「打ち上げに行かなくてよかったのか？　同級生とか水泳部の後輩から誘われてただろ」

卒業式を終えた、学校からの帰り道。カナエくんが私にそう尋ねた。

「ああいう大人数でワイワイするのってちょっと苦手で……それに、最後くらいカナエくんと一緒に話そうかなって思って」

「ほぼ毎日、一緒に帰ってるだろ」

「まぁ、それはそうだけど」

「……じゃあ、今日は俺たちだけで打ち上げするか」

そう言って、私たちは数か月ぶりに駄菓子屋に寄った。そこで、今まで愛飲していた瓶チェリオを売っていた自販機が、数日前に撤去されたことを知った。代わりに真新しい自販機が設置されていて、私は言いようのない寂しさを覚えた。

ガラスの味は、もう味わえないのかな。

「……あかり、大丈夫か？」

「え？」

何が、と問おうとして気づく。知らないうちに涙がこぼれていた。声は鼻声になっている。

「ご、ごめん。たぶん、卒業式で我慢してたのが、今になって出てる……のかな……」

ここ最近、どうにも涙腺《るいせん》が緩《ゆる》かった。ちょっとしたことで泣いてしまう。抑えようとしても、一度溢《あふ》れるとなかなか止まらない。

「ごめん、ごめんね……」

ああ。鼻水も出てきた。

「これ、使えよ」

カナエくんがポケットティッシュを差し出した。

私はありがたく受け取り、駄菓子屋前のベンチに座って顔を拭《ふ》いた。カナエくんも隣に座って、私が泣き止むのを何もせずただじっと待っていた。打ち上げというより、完全にお通夜の雰囲気だった。

昼下がりの穏やかな時間が、なめらかに流れていく。

空は青くて、風は少し冷たくて、遠くから聞こえる潮騒《しおさい》は、優しく鼓膜を撫《な》でていた。

——行かないで。

結局、私がその一言を口に出すことは最後までなかった。

第五章

4月2日 18時

「すいません！」

と慌てて謝罪したが、すでに手遅れだった。ロールバックが起きてしまった。

俺が転倒させてしまった赤ら顔の中年男性の姿はどこにもない。大漁祭の会場である神社の境内から、場所が変わった。

俺は辺りを見渡す。見慣れた部屋——というか、俺の部屋だった。今は窓辺に立っている。グリーンスリーブスのチャイムが窓ガラス越しに聞こえる。

考えるより先に手が動いた。右ポケットから携帯を取り出し、日付を確認する。

四月二日、月曜の一八時。

画面には、そう表示されている。

俺は力なくベッドに座り込み、眉間《みけん》を押さえた。

「ダメだったか……」

結局、祭り会場から離れることも、ぶつかった中年男性に謝罪することもできなかった。あのあとどうなるかは、すでに体験しているから分かる。喧嘩《けんか》に発展しそうなところを、速瀬《はやせ》さんに助けてもらうのだ。

過去と未来が、繋《つな》がってしまった。

もっと警戒すべきだった。盗み聞きなんかせず、速《すみ》やかに祭り会場から離れていれば、何も問題は起こらなかったはず。なのに起きてしまったのは、俺が油断したせいだ。

もしくは、そもそもタイムパラドックスなんてものは存在しないのかもしれない。

つまり、過去は変えられないということだ。すべては運命づけられており、俺が過去を変えようとしても、あらかじめ決められた結果は避けられない。もしそうだとするなら、俺が彰人《あきと》の死を防ぐことも不可能となる。

「……そんなこと、あってたまるか」

悲観的な思考を押し殺すように、拳《こぶし》を強く握りしめる。

時間とか運命に関する難しい理屈は分からない。だが、俺にはロールバックと彰人の死のタイミングが重なったことが偶然とは思えない。もし必然だとするなら、そこには何か意味があるはずだ。ただ時間が巻き戻るだけで何も変えられないなんて、理不尽すぎる。

彰人の死は阻止できる。そう信じて行動するしかない。

……ただ、気がかりなのは祭り会場にいた二人の会話だ。

彰人が借金をしていたとか、暴力団みたいな連中とつるんでいたとか。とても信じられないが、あの二人が冗談を言い合っているようにも見えなかったし……本当のところは、どうなんだろう。

「……考えても仕方ないか」

嘘《うそ》でも本当でも、彰人を救出することに変わりはない。真偽は彰人を救ってから本人に直接たしかめればいい。

俺は部屋のカーテンを閉めようと、ベッドから立ち上がる。そのとき、ぐう、と情けなくお腹が鳴った。

「なんか、やけに腹減ってるな……」

一度意識すると、すさまじい空腹感だ。どうしてこんなにお腹が空いているのだろう。不思議に思いながらも、とりあえずカーテンを閉め、照明を点《つ》ける。するとそのタイミングで、ドアがノックされた。

俺が応じると、ドアが開き、エリが部屋に入ってきた。

「どうした?」

「えと……そろそろご飯だから、呼びに来ただけ」

「ああ、そうか。わざわざ悪いな」

俺はベッドから立ち上がる。だがエリは、その場に突っ立ったまま部屋から出ていこうとしなかった。

「まだ、何かあるのか?」

俺が声をかけると、エリは遠慮がちに俺を見つめて、おずおずと問いかけてくる。

「……その、怒ってない?」

「怒る? なんで?」

「だって、私と喧嘩《けんか》になったきり家を飛び出て帰ってこなかったし……帰ってきても、ずっと部屋に引きこもってるから、怒ってるのかなって……」

喧嘩、家を飛び出て……ああ！　俺が帰島した四月一日のことか。

なんとなく時系列が見えてきた。頭の中で情報を整理する。

四月一日、俺はお祖母《ばあ》ちゃんの家に帰って早々エリと喧嘩をして、家を飛び出す。その日は帰宅することなく、誰かの家に泊まった。

四月二日にお祖母ちゃんの家に帰宅する。その後、エリが様子を見に来る現在に至るまで、ずっと部屋に引きこもっていた。

おおよそこんな感じだろう。

「ね、ねえ……やっぱ怒ってんの？」

エリがビクビクしながら訊《き》いてきた。

「いや、怒ってないよ。俺のほうこそ、帰ってきて早々悪かったな」

そう言うと、エリはホッとしたように肩の力を抜いた。

「なら、いいの。じゃあ、話はそれだけだから」

「あ、ちょっと待ってくれ」

部屋を出ようとするエリを引き止め、俺は言う。

「一つ訊きたいんだけどさ。俺が昨日、どこに泊まってたか知ってるか？」

エリは怪訝《けげん》そうに眉《まゆ》を寄せた。

「いや、知らないけど」

「……だよな」

妙なこと訊《き》いて悪い、と俺が言うと、今度こそエリは部屋から出ていった。

俺も居間へ向かおうと、廊下に出る。そこで何やら違和感を覚えた。

なんだろう。何か大事なことを忘れている気がする。

俺はもう一度、携帯で現在の日付と時刻を確認した。

四月二日、月曜。時刻は一八時二〇分……。

「——あ！」

弾《はじ》かれたように俺は部屋を飛び出し、一段飛ばしで階段を駆け下りた。そのまま勢いを殺さず廊下を渡り、土間の靴に足を突っ込む。

「どうしたの？」

居間から顔を出して声をかけてきたエリに、俺は短く告げる。

「悪い！　ちょっと自転車借りるぞ！」

返事を待たず、家を出た。

エリの自転車に跨《またが》る。普段、鍵《かぎ》をかけていないのは知っているので、そのまま全力で漕ぎだす。行き先はタバコ屋裏の空き地だ。

四月二日の夕方、俺は彰人《あきと》の遺体を空き地で発見し、通報する。以前見た携帯のメモには、そう入力されていた。いろいろあったせいで忘れていた。

彰人の死亡推定時刻は、たしか昨日の深夜だ。もう完全に手遅れなのだが、野ざらしで放置されている彰人を想像すると、のんびりしていられなかった。

自転車を飛ばし、一〇分ほどでタバコ屋裏の空き地に到着する。

空き地には背の高い草が繁茂していて、一見して異常はない。だが自転車を停《と》めて空き地の中に足を踏み入れると、草むらの奥に黒くて大きな塊が見えた。

俺は草をかき分ける。

その黒い塊は、うつ伏せに横たわる彰人だった。

「彰人……」

名前を呼んでも返事はなかった。彰人は放棄されたマネキンのようにピクリとも動かない。肌は青白く、まるで生気が感じられない。なんだか直視してはならないような気がして、俺は遺体から目を逸《そ》らした。

携帯を取り出し、119番に通報する。音声とオペレーターの指示に従い、状況を伝える。

通報を済ませ、俺はそのまま携帯のメモ機能を開いた。

以前に見た彰人の死に関する情報は、どこにもない。消えたのではなく、まだ入力されていないのだろう。

だから、俺がここでメモを残す。過去の自分に向けて、今現在の状況を入力した。

『四月二日　一八時三〇分　タバコ屋裏の空き地にて彰人《あきと》の遺体を発見　通報する』


通報から数分後に、救急隊員が空き地に到着した。それからは、早送りのように時が進んだ。彼らは俺に状況確認を求めたあと、彰人の脈や呼吸、瞳孔などを調べ始める。しばらくして、救急隊員の一人が俺に話しかけた。

「こちらの方とはお知り合いですか？」

「はい、一応……」

「……たいへんお気の毒ですが、お亡くなりになられています。警察に現場を調べてもらう必要がありますので、ここから離れないでください」

そう事務的に述べると、救急隊員は警察に連絡を行った。

五分もしないうちに、駐在所の警察官が原付で空き地に駆けつけてきた。俺と馴染《なじ》みのある駐在さんの上司にあたる、年配の警察官だ。巡査部長なんだよ、と以前駐在さんに教えてもらったことがある。

巡査部長は「ちょっと待っててくれ」と俺をその場に留め、遺体のもとへ駆け寄った。

少し遅れて、俺と馴染みのあるほうの駐在さんが自転車で空き地にやって来た。いつもは人懐っこい笑《え》みを浮かべている駐在さんも、このときばかりは真剣な表情だった。

駐在さんは上司の巡査部長と少し話をしたあと、俺に声をかけてきた。

「まさか、こんな形で船見《ふなみ》とまた会うとはな……」

駐在さんは苦々しい顔で続ける。

「ここだと人目につきそうだし、一旦《いったん》、駐在所に行くか。そこで話を聞かせてもらう」

駐在さんは自転車を押して駐在所へ向かった。俺も同じようにそばに停《と》めていたエリの自転車を押し、駐在さんの背中を追う。

一〇分ほどで駐在所に着いた。

扉を開けて中に入る。駐在さんに室内の一角にある椅子《いす》を示され、俺はそこに座った。

「じゃあ、いろいろ質問するけど悪く思わないでくれよ」

駐在さんはキャスター付きの椅子に腰を下ろし、俺が彰人の遺体を発見したときの状況を、細かく訊《き》いてきた。

質問の一つひとつに、俺は正直に答えていく。ただ、俺が空き地の前を通りがかった理由について訊かれたときだけは「偶然です」と嘘《うそ》をついた。時間を遡《さかのぼ》っているから遺体の場所が分かっていた、なんて言ったところで混乱を招くだけだと思ったからだ。

駐在さんの事情聴取が済んだあとは、俺の連絡先や住所、今通っている高校といった個人情報を控えられた。

「これで終わりですか？」

「いや。もうちょっとしたら本土から刑事さんが来るんだ。そこでまた、いろいろ訊《き》かれると思う。次はもっと時間がかかるかもな」

「それなら、家に連絡入れてもいいですか」

「ああ、ぜひそうしてくれ」

俺はその場で家に電話をかける。

電話に出たのはお祖母《ばあ》ちゃんだった。俺は事情を説明し、帰りが遅くなることを伝える。お祖母ちゃんは心配していたが、「お腹が空いてるから晩ごはんは多めに作っておいて」と言うと、安心した様子で応じてくれた。

通話を切ったところで、背広姿の中年男性が駐在所に入ってきた。駐在さんが席を立ち、敬礼する。この人が刑事さんだろう。俺よりも頭一つぶん背が高く、痩せている。一見、不健康そうな印象を抱いたが、目だけは妙にギラついていた。

「ああ、どうも。君が第一発見者?」

俺が頷《うなず》くと、刑事さんは軽く自己紹介した。そのあと、適当な椅子《いす》に座り、駐在さんと同じ質問を俺に投げかけてきた。駐在さんと同じく砕けた口調だが、どこか威圧的な雰囲気があって、嫌《いや》に緊張した。

質問と返答を交互に重ねていくなかで、俺は刑事さんからのある質問で言葉に詰まる。

「どうして空き地の前を通りがかったのか、訊いてもいいかな」

ロールバックのことは話せない。だから俺は駐在さんにしたのと同じように、嘘《うそ》をついた。

「なんとなく、そこらへんを走りたい気分だったんです。見つけたのは偶然です」

「でも、遺体は草むらの中にあったよね。自転車を漕ぎながらで、よく気がつけたね」

「それは、まぁ……ゆっくり漕いでたので」

「ふうん」

突然、刑事さんの目が鋭くなった。

「ところで、船見《ふなみ》くんと保科《ほしな》さんは知り合いなんだっけ。船見くんは、保科さんのことをどう思っていたのかな」

「どうって……普通に、尊敬していましたよ」

「その割りには、結構淡々としてるよね」

「そんなことありません」

「本当に何も知らずに空き地の前を通りがかって、偶然、保科さんを見つけたのかい」

ぎょろ、と黒光りする瞳《ひとみ》が俺を見下ろす。

背中に冷や汗が流れるのを感じた。俺は動揺を抑えつけ、肯定する。

「……そうです」

そう言ったきり、しばらく互いに口を開かなかった。

最初に沈黙を破ったのは刑事さんだ。

「分かった。じゃあ次に――」

刑事さんは何事もなかったように、また質疑を再開した。

事情聴取が終わると、刑事さんは俺に今後のことを説明した。家に警察が向かうかもしれないとか、本土の警察署のほうへ来てもらうことになるかもしれないとか。俺は半分くらい聞き流しながら、形だけの相槌《あいづち》を打っていた。

駐在所から解放されたのは、夜の九時頃だった。

お腹が空いていたはずなのに、家で夕食を前にしても、どうも食欲が湧《わ》かなかった。彰人《あきと》の遺体が脳裏に焼き付いているせいだ。お祖母《ばあ》ちゃんもエリも、彰人の死について触れはしなかったが、俺のことを心配しているのは、表情や声音《こわね》から察せられた。

人と話す気分にもなれず、俺は早めに風呂《ふろ》に入り、自室に閉じこもった。ここ最近、出かけるか引きこもるかのどちらかだな、と気づいて苦笑する。

ベッドに寝転ぶと、見慣れた天井にうっすらとあかりの顔が浮かんだ。

あかりはすでに彰人の訃報《ふほう》を耳にしているはず。今頃、大きなショックを受けて動揺しているかもしれない。心配だが、今はそっとしておこう。一人で現実を受け止める時間も必要だ。

俺は欠伸《あくび》をする。少し早いがそろそろ眠ろうかな、と思ったら電話がかかってきた。

発信者は親父《おやじ》だった。

家を飛び出した記憶がフラッシュバックし、応答にためらう。だが無視しても後々面倒そうなので、俺は電話に出た。

「もしもし」

『カナエか？　事件に巻き込まれたって聞いたが、本当なのか？』

前置きもなく親父は訊《き》いてきた。お祖母ちゃんが彰人の件を伝えたのだろう。

「大げさだよ。ちょっと事情聴取を受けただけだから。それに、事件じゃなくて事故だし」

『じゃあ、遺体を見つけた話は本当だったのか……』

親父は物憂《ものう》げに言った。

『人が死んだまま外に放置されていたなんて、袖島《そでしま》の治安も悪くなったな』

少しムッと来た。俺も治安がいいとは思っていないし、ど田舎だとたびたび口にするが、人に貶《けな》されるとムカついてしまう。

「治安は関係ないだろ。今回は不運が重なっただけだ」

『そうかもしれないが……』

「東京だって、袖島より人が多いぶん物騒なことはあるだろ」

『……まぁ、それはそうだな。お前の言うとおりだ』

俺は少し驚く。

珍しい。親父が俺の言い分を素直に認めるとは。俺に説教をしたことを気にしているのだろうか……と思ったら、「それはそれとして」と一転して強気な口調で言った。

『お前は早く東京に帰ってこい』

俺はげんなりする。結局それか。

「……分かってるよ。春休みが終わるまでには帰る」

『当たり前だろ。というかお前、春休みの課題はちゃんとやってるんだろうな』

どろ、と嫌《いや》な気持ちが胸に流れ込んだ。

春休みの課題は、袖島《そでしま》に持ってきていない。勉強のことを忘れたくて、あえてバッグに入れなかった。課題は東京に帰ってから急いで終わらせるか、なんなら多少遅れて提出してもいいかな、と考えているが、これは言わないほうがいいだろう。

「大丈夫だよ。気にしなくていいから」

『気にしなくていいって、お前な――』

説教の予兆を感じ取り、俺は一方的に通話を切った。正しい判断だと思いたい。

春休みが終われば、俺は東京に戻らなければならない。そこでまた、勉強に追われる日々が始まるのだろう。新しいクラス、難しくなる授業。未来を想像すると、胃がキリキリと痛んだ。

憂鬱《ゆううつ》な気分を押し殺すように、俺は枕に顔を埋めた。


四月三日の午前一〇時。ベッドから起き上がり、カーテンを開く。

本日も快晴だ。思えばここ数日間はずっと晴れている。ちょっと遠出して山にでも登りたい日和《ひより》だが、状況が状況だけに無理だ。今は四月一日のことを考えないと。

今から八時間後——一八時を越えると、俺はいよいよ彰人《あきと》が死んだ四月一日にロールバックする。

ある意味、これからの八時間が残された最後の猶予だ。彰人を救うための準備は、今のうちに万全にしておきたい。

とはいえ、死亡推定時刻と、遺体の場所と、彰人の死ぬ直前の動向まで俺は把握している。他に俺がやっておくべきことといえば……そうだ。彰人の死の詳細をメモしておこう。忘れないように、ではなく、四月三日以降の俺に伝えるために。

俺は携帯のメモ機能を開く。昨日入力した内容の隣に、二つの情報を付け足した。

・彰人の死亡推定時刻　四月二日の〇時から二時頃
・四月一日　二一時頃　居酒屋『飛鳥《あすか》』に彰人が入店　〇時頃に泥酔して退店

これでよし。前に見たメモの内容と完璧《かんぺき》に合っているかは分からないが、特に問題はないはずだ。

携帯を閉じようとして、あることが脳裏をよぎった。

「そういえば、まだ居酒屋に行ってなかったな……」

たしか四月五日だったか。居酒屋へ向かい、そこで彰人《あきと》の話を伺おうとしたものの、その日は定休日で店に入れなかったのだ。

ロールバックが起こる一八時までに、確認しに行ったほうがいいだろう。でないと、俺の携帯に残された居酒屋云々《うんぬん》のメモが、本当に正しいのか分からない。

たしか居酒屋『飛鳥《あすか》』の開店時間は一七時だ。一八時のロールバックには余裕を持って間に合う。

そう急ぐ必要もない。四月一日に備えて、今はゆっくりしておくか。


一六時半。時間を確認してから、携帯をポケットにしまう。

俺は居酒屋『飛鳥』の扉に手をかける。横に力を入れると、引き戸はガラガラと音を立てて開いた。開店時間にはまだ三〇分早いが、やはり仕込みなどで店員はいるようだ。

俺は店に入る。中はカウンター席と、テーブルが五つあるだけで小ぢんまりとしていた。

間もなくして、はいはい、と厨房《ちゆうぼう》から返事があり、甚平《じんべい》を着た中年の男性が姿を現した。

店主と思しきその男性に、俺は「すいません」と声をかける。

「ちょっとお尋ねしたいことがあるのですが……」

「尋ねたいこと？　ウチは五時から開店なんだが」

「時間は取らせませんので。お願いします」

頭を下げて頼み込むと「なら、構わないが」と返ってきた。話を聞いてくれるらしい。

俺は早速、用意していた質問を投げかける。

「保科《ほしな》彰人さんのことなんですが」

そう言った途端、店主の顔が険しくなった。

「……お前、彰人の知り合いか？」

声のトーンが下がった。急な変わりように俺は戸惑う。

「そ、そうですが……」

店主は食い入るように俺の顔を観察すると、ぼそりと呟《つぶや》いた。

「……知らない顔だな」

そう言うなり、店主はそっぽを向いた。

「彰人のことは散々警察に話してうんざりしてんだ。悪いが、帰ってくれ」

厨房に戻ろうとする店主を、俺は慌てて引き止める。

「ちょ、ちょっと待ってください。少しだけでも――」

最後まで言い切る前に、店主は厨房の奥に姿を消した。

なんだ、あの態度。彰人の名前を出した途端、急に機嫌が悪くなった。

ひょっとして彰人の死を悼《いた》んでいるのだろうか。だから俺の、彰人を嗅《か》ぎ回るような真似《まね》に腹を立てた、とか。

だったらなおさら引き下がるわけにはいかない。彰人《あきと》の死を悼《いた》んでいるのは俺だって同じだ。

俺は一度店を出て、開店するまで居酒屋の近くで待った。そして一七時になると同時に、居酒屋に入店した。

「おう、いらっしゃ――ってまたお前か。しつこいな」

カウンターに立っていた店主が、俺を見るなりうんざりした表情を浮かべた。

苦言にも動じず、俺はまっすぐカウンター席に向かい、店主の前の椅子《いす》に座る。

「客として来ました。ウーロン茶ください」

財布を持ってきておいてよかった。あとはどれだけ粘れるかだが……。

「……彰人の話はしないぞ」

そう言いながらも、店主はジョッキにウーロン茶を注ぎ、コト、と俺の前に置いた。

俺はジョッキを持ち、一気に飲んだ。味わうことなく胃に流し込む。無論、喉《のど》が渇いていたわけではない。

唖然《あぜん》とする店主の目の前に、俺は空になったジョッキを置いた。

「……ウーロン茶をください」

おかわりを求めると、店主は顔をしかめた。俺を訝《いぶか》しげに見つめながらウーロン茶を注ぎ、また俺の前に置く。

俺はさっきと同じことを繰り返す。が、さすがに二杯目はキツイ。一杯目の二倍以上、時間をかけて飲み干し、ジョッキを下ろした。

「う、ウーロン茶を……」

「分かった分かった。無理するな」

店主は頭をぐしゃぐしゃとかいて嘆息する。

「それで、何を訊《き》きたいんだ」

折れてくれたか。無理して飲み干したかいがあった。

胃の中のものが逆流しないよう、俺はごくりと唾《つば》を飲み込んでから、改めて訊く。

「四月一日の夜、彰人はここに来てたんですか?」

「ああ、来てたよ。夜の九時頃から○時まで、一人で飲んでた。入ってきた時間はうろ覚えだが、帰った時間は間違いないな。ウチが○時閉店だから、店を閉める前に追い出したんだ」

店主は渋面を作って続ける。

「それが、まさかあんなことになるなんてな……」

彰人のことを話したがらない理由が、なんとなく分かった。おそらく罪の意識を感じているのだろう。

悪いことを訊いたな、と思う。彰人が店にいた時間は分かったし、早いとこ出ていくか。

「……分かりました。どうも、ありがとうございます」

メニュー表を見る。ウーロン茶の値段は税込み三〇〇円。結構高いな……と思いつつ、俺はレジの前に立ち、財布から六〇〇円を渡す。

「三〇〇円でいいよ。二杯も飲むつもりなかったんだろ」

「いや、でも」

遠慮したが、店主は一杯の値段で会計を済ませてしまった。いい人だ。金銭に余裕があるわけでもないので、厚意に甘えよう。

「助かります」

「いいよ、今さら三〇〇円くらい。彰人《あきと》にはその何十倍もツケがあったからな」

「え？」

俺は固まってしまった。

彰人にツケ？

「はい、お釣り。それじゃあな」

「す、すいません。彰人にツケがあったって、本当ですか」

「あ？　そうだよ。あまり故人の悪口は言いたくないが、あいつ、全然払わないんだよ。一日の夜もそうだったしな。払えって言ってものらりくらり躱《かわ》して、それでも追及したら逆ギレするから手に負えなかった」

「彰人が……？」

ショックだった。彰人がそんなことをしていたなんて。ツケが事実なら、大漁祭で聞いた、暴力団みたいな連中とつるんでいたという話も本当なのだろうか。

「お、いらっしゃい」

店主が俺の肩越しに挨拶《あいさつ》をした。振り返ると、新たに客が来ていた。

俺は店主に礼を言い、店を後にした。

太陽が西に高度を落としている。もう一時間もすれば日が暮れるだろう。

ロールバックまで三〇分を切った。

彰人を救うための情報はほぼ出揃《でそろ》っている。ロールバックが起きて四月一日の一八時になったら、何をすべきかも前もって決めている。

俺がやることは単純だ。居酒屋『飛鳥《あすか》』の前で、二一時頃に来店する予定の彰人を待ち伏せし、飲酒をやめるよう彰人に伝える。ただそれだけだ。失敗するとは思えない。

だが一つ、疑念が残った。彰人のこと——彰人の人間性についてだ。

プライドが高くて負けず嫌いで、だけど人情には厚い、俺が彰人に抱いていたのはそういう印象だった。だが居酒屋の店主の話を聞く限り、現実の彰人と俺のイメージには、相違がある。

気になるのはそれだけじゃない。大漁祭で速瀬《はやせ》さんが発した『肩を壊すまではね』という一言。あれも謎《なぞ》のままだ。

なぜ彰人《あきと》は肩を壊したのか。肩を壊してから、どうなってしまったのか。

一度気になりだすと止まらない。事実を、たしかめなければ。

早速、速瀬《はやせ》さんに話を、と思ったが、速瀬さんより彰人の妹であるあかりのほうが、事情に詳しいはずだ。俺はあかりに電話をかけてみた。

……が、出ない。

今は葬儀の準備やお母さんの手伝いで電話に出られないのかもしれない。だとするなら、他を――速瀬さんを当たるしかない。

だが速瀬さんの電話番号は知らないし、ロールバックまであと三〇分も残されていない。速瀬さんの実家である酒屋の場所は把握しているものの、今から向かって間に合うかどうかは微妙なところだ。なら、酒屋のほうに電話すれば……。

……いや、待てよ。

以前のロールバックを振り返る。たぶんこの時間、速瀬さんは酒屋にはいない。犬の散歩の途中に、俺と中央公園で話していたから。

中央公園ならここから走って一〇分ほどで着く。

自ら運命に従うようで気は進まないが、速瀬さんに会うためだ。俺は公園に向かった。

一〇分ほどで中央公園が見えてきた。

公園の前に柴犬を連れた女性の後ろ姿があった。間違いない。速瀬さんだ。

「速瀬さん！」

名前を呼ぶと速瀬さんは振り返った。

俺は速瀬さんの前まで来て足を止める。ぜえぜえと肩で息をしながら、問いかけた。

「あの……ちょっと……訊《き》きたいことがあるんですが……」

「う、うん。別にいいけど……君、大丈夫？」

ちょっと引かれている。無理もない。息の上がった見知らぬ男に突然話しかけられたら、誰だってそうなる。

軽く息を整えてから、俺は言う。

「彰人について、訊きたいんです」

「彰人？」

「はい。彰人が肩を壊してから、どうなったか、とか」

ピク、と速瀬さんの頬《ほお》が微《かす》かに痙攣《けいれん》した。

「ごめん。君が誰かは知らないけど、あんまり彰人のことは思い出したくないの。だから他を当たって」

「え、そんな……」

速瀬《はやせ》さんは俺に背を向け、犬の散歩を再開しようとする。

他を当たる余裕なんてない。ロールバックの時間が迫っている。

俺は速瀬さんの進行方向に先回りし、正面から頭を下げた。

「お願いします。少しだけでいいので」

「嫌《いや》なもんは嫌だよ」

にべもない返事。お願いするだけじゃダメだ。何か交渉の材料がいる。何か……そうだ。

「今、困ってるんじゃないんですか？　出店をやる人員が不足しているとかで」

速瀬さんは驚いたように目を見開いた。

「なんで知ってんの？」

「風の噂《うわさ》です。それより、彰人《あきと》のことを話してくれるなら、俺が出店の手伝いをしますよ。雑用でもなんでも。朝から……夕方くらいまでなら、働けますので」

速瀬さんは不審そうに俺を見つめる。しばらく悩むような間《ま》を開けてから、口を開いた。

「君、名前と年齢は？」

「船見《ふなみ》です。船見カナエ。一七歳です」

「彰人とは、どういう関係だったの」

「彰人は……昔の恩人のようなものです」

恩人ねえ、と呟《つぶや》きながら、速瀬さんは品定めするように俺を見る。そして、何かの基準を俺はクリアできたのか、うん、と頷《うなず》いた。

「本当に手伝ってくれんの？」

「はい」

「結構忙しいよ？　お給料とかは出せないし」

「大丈夫です」

「よし。じゃ、お願いしようかな」

とりあえず座ろうか、と速瀬さんは言った。どうやら話してくれるらしい。俺は礼を言い、急いで公園のベンチに向かった。

並んでベンチに腰を下ろし、早速俺は本題を切り出す。

「それで、彰人はいつ肩を壊したんですか？」

速瀬さんはゆっくりと話し始めた。

「高三の、九月頃だったかな。夏の甲子園が終わって、一段落した頃」

彰人が高校三年……じゃあ俺が中学三年のときか。東京の高校に行くための受験勉強で、一番忙しかった時期だ。当時は周りに関心を払う余裕がなかった。

「練習中に突然、彰人が肩を押さえてうずくまってね。そのまま、診療所に運ばれたの。それで翌日に、彰人が肩を故障したって知らされてさ。肩の酷使が原因だったんだけど、野球生命が絶たれるくらい炎症がひどいみたいで……野球部で騒ぎになったの」

「そんなに重症だったんですか」

「うん。みんなすごくショック受けてた。でも、一番ショックを受けてるのは間違いなく彰人《あきと》だった。彰人はプロになるつもりで毎日練習してたし、ストレッチにも気を使ってたんだよ。当時はプロの志望届も出してて、どこの球団に入りたいかとか、ずっとそんなこと話してた。だから、本当に辛かった思う。それで……たぶん、今まで頑張ったぶんの反動が来ちゃったんだろうね」

速瀬《はやせ》さんの顔に影が落ちた。

「最初は見てて痛々しいくらい放心してたんだけど、冬頃から荒れ始めてね。前々から喧嘩《けんか》っ早いところはあったけど、以前にも増して乱暴になったの。自分の悪口とか耳にしたら、問答無用で悪口言ってる人に殴りかかるくらいで……みんな、彰人のこと怖がってた。名前を出そうともしなかったな」

俺はやるせない気持ちになる。

彰人は俺が小学生の頃から誰よりも熱心に野球に打ち込んでいた。だから野球生命を絶たれたショックは、すさまじかっただろう。その結果荒れてしまうのも、腑《ふ》に落ちる話だ。

俺は自分の膝《ひざ》を強く握り、速瀬さんに問う。

「……彰人が、本土のよくない人とつるんでたって噂《うわさ》を聞いたんですけど、本当なんですか？」

「ああ……それ、私も聞いたことある。真偽は分からないけど、本当だとしても納得できる話かもね。彰人、高校時代の同級生から借金しまくってたみたいだし」

「そう、なんですか」

速瀬さんはため息を吐《つ》く。

「本当、何やってんだろうね。散々バカやって、挙句の果てに死んじゃってさ……」

速瀬さんの声には後悔が滲《にじ》んでいた。

俺が何も言わずとも……いや、何も言わないからか、速瀬さんは懺悔《ざんげ》するように、滔々《とうとう》と続ける。

「私、小学生くらいの頃から、彰人に憧《あこが》れてたんだよね。彰人が子供会の野球クラブに入ってたときも、マネージャーでもないのにわざわざスポドリとか薄切りのレモンとか持ってって、彰人にアピールしてた。彰人がなんかの大会に出場するたび、私もついてくようにしてた。それで、高校生になってから思い切って彰人に告白して、付き合うようになった……なのに」

速瀬さんは額《ひたい》を押さえた。

「彰人が肩を壊して、野球ができなくなった途端、どう接すればいいのか分からなくなっちゃったの。私が知ってる彰人じゃなくなっていくみたいで、怖くて……みんなと同じように、私も彰人から距離を置くようになった」

俺は黙って話を聞くしかない。

ロールバックの時間が迫っていたが、到底、速瀬さんの懺悔を妨げられる雰囲気ではなかった。

「でも、彰人《あきと》のこと、完全には見捨てられなくてさ。やっぱり、憧《あこが》れていた人が落ちこぼれていくのは、辛かったから……。それでこの前、勇気を出して出店の手伝いに誘ってみたの。そしたら彰人、渋々だけど了承してくれて、私、嬉《うれ》しかったんだよね。更生の余地がある、って言ったら大げさだけど、まだなんとかなると思ってたの。……その矢先に死んじゃうんだから、世話ないよね」

でもまぁ、と言って速瀬《はやせ》さんは続ける。

「彰人があの状態からよくなるとも言い切れないし、ある意味、よかったのかもね。何か大きな犯罪を犯す前に、この世界から退場するのもさ」

「そんなこと、ないですよ」

反射的に否定した。いくら彰人が荒れ果てても、死んでいいことにはならない。

速瀬さんは睨《にら》むように俺を見て、だけどすぐ、目線を前に戻した。

「……それもそうだね。たしかに、不謹慎だった。でも……彰人、嫌《いや》な噂《うわさ》がたくさんあったから。さっきも言ってたけど、借金してたとか、本土の悪い人とつるんだりとか、あと――」

「妹のあかりちゃんに、暴力を振るってたとか」

「……え?」

俺は聞き流しそうになった。

速瀬さんの先ほどのセリフを頭の中でリピートさせる。言葉の意味は分かっているのに、脳が理解を拒んでいた。

「あかりに──」

暴力を振るっていたって、本当なのか。

そう問おうとした瞬間、グリーンスリーブスのチャイムが流れ始めた。ノイズ混じりのメロディが不安を煽《あお》る。

彰人が、あかりに暴力を振るっていた……まさか、冗談だろう? 信じたくない。ただの噂だ。そうに決まっている。

……でも。

もし、それが本当なら、俺は──。

間章(五)

袖島《そでしま》高校に入学してから、しばらくは無気力に過ごしていた。先生や先輩に誘われて、一応水泳部に入部したものの、ほとんど惰性で続けたようなもので、中学のときほど目立った記録は残せなかった。学業にもまるで身が入らず、授業中にぼうっとして先生に注意されることが何度もあった。

カナエくんのいない学校生活はひどく空虚だった。心に大きな穴が空いて、そこに冷たい風が吹くような喪失感に毎日苛《さいな》まれていた。カナエくんに会えれば……いや、せめてカナエくんから電話なりメッセージなりがくれば、心の穴は埋まらなくとも、冷たい風はやんだかもしれない。

けれど、カナエくんから連絡が来ることはなかった。

最初は、慣れない環境で忙しいんだろうな、と思って特に気にしなかった。だけど、一か月、二か月経《た》ってもなんの音沙汰《おとさた》もなくて、さすがに不安になった。何度か私のほうから連絡しようと考えたけど、いつまで経っても私は、電話をかけることもメッセージを送ることもできなかった。

『ただの幼馴染《おさななじみ》だから。変な勘違いすんなよ』

中学時代にカナエくんが発したその言葉は、私ではなく別の女の子に向けられたものだというのに、私の胸中でずっと蛇のようにとぐろを巻いていた。そいつは私がカナエくんに連絡しようとするたび、すくっと頭を上げ、牙《きば》を剥《む》くのだ。噛《か》まれるとじわじわと全身に毒が回って、私は動けなくなってしまう。

それで結局、私は何もできずにいた。

不安と諦《あきら》めの間を往復する日々のなかで、メッセージの下書きと、ため息の数だけが増えていった。

そんな私に転機が訪れたのは、高校一年の夏だ。

その夜、私は何かに駆られて外を走っていた。ただ猛烈に走りたい気分だった。寂しさとか虚《むな》しさを紛らわすために走っていたのかもしれないし、ただ単にその日は部活が休みで、体力があり余っていたからかもしれない。理由はいくらでもあと付けできる。とにかく私は、走った。

一時間かけて島を半周した結果、全身は汗に濡《ぬ》れ、息はすっかり上がっていた。堤防に座ると、海側から吹いてくる夜風が、火照った身体《からだ》を冷ましてくれた。

海の向こう側で、本土の明かりがホタルのように揺れていた。

そのとき、衝動的に思った。


——私も、向こう側に行きたい。

まるで魂が発火したように胸の奥が熱くなった。熱くてたまらなかった。

居ても立っても居られず、私は走って家に帰り、東京へ行く方法を模索した。

翌日の放課後。教室にて、私は単刀直入に担任の先生に訊《き》いた。

「都内のI大学って、どうすれば行けますか?」

もうこれしかないと思った。

カナエくんが進んだのは付属高校だから、進学する大学はほぼ確定している。私が高校を卒業して、もしカナエくんと同じ大学に進めたら、またずっと二人でいられるはず。そう思って、先生に相談したのだ。

安直な考えだと思う。でもこの衝動は止められなかった。それに、止めてはいけないものだと思った。もしここで何もしなかったら、二度とカナエくんに会えない気がした。

「正直、今のままだとかなり厳しいよ。学力的な問題はもちろん、お金も相当かかる。お母さんとは、相談しているの?」

案の定、先生の反応は芳《かんば》しくなかった。だけど、私は折れない。

「これから相談します」

「保科《ほしな》さん、こんなことを言ったら失礼かもしれないけど……経済的不安は無視できないわよ。勉強を頑張る気があるなら、もっと近くの国立を受けたほうが」

「I大学がいいんです」

私は食い気味に言い放った。

先生は、少し悩んでから真剣な声音《こわね》で答えた。

「……分かった。そこまで言うなら、協力する」

あくまで手助けだからね、と前置きして、先生は大学進学のために必要な事柄を教えてくれた。私は先生の話を咀嚼《そしゃく》し、自分がすべきことを頭の中でまとめた。

やることはシンプルだ。

勉強、部活、バイト。この三つ。

勉強は言わずもがな。公募推薦の枠を狙えるかもしれないので、勉強だけでなく部活も頑張ったほうがいいと言われた。一応、学費だけなら奨学金で賄《まかな》うことは可能らしいけど、入学金と自立のための費用はこちらで用意するしかないので、バイトは必要だと自分で判断した。

大学進学の道のりは厳しいけど、卒業までの算段を立てると希望が湧《わ》いてきた。

私は先生にお礼を言い、部活へ向かう。

部活で好成績を残せば、推薦に有利に働く。今まで水泳を続けてきてよかった。袖島《そでしま》高校に進学してからは惰性で水泳を続けていたけど、これからは頑張らないと。

部活を終えて家に帰ったら、居間にお兄ちゃんがいた。ソファに座り、テーブルの上に足を乗せてテレビを観《み》ている。行儀が悪い、と思ったけど、あまり関わりたくないので何も言わない。だからすぐに居間を通り過ぎ、洗面所に入ろうとしたら、「おい」と呼び止められた。

「ちょっとコーラ買ってきて」

目も合わせず、お兄ちゃんは平然と言った。

お兄ちゃんは昔から人使いが荒いところがあったけど、肩を壊してからはさらに悪化した。以前まで「リモコン取って」や「風呂沸《ふろわ》かしといて」程度だったのだが、ここ最近は「飯の準備しといて」とか「服にアイロンかけといて」とか……人を召使いのように扱うのだ。

肩を壊したことには同情している。でもそれとは別に、私は今のお兄ちゃんを心底軽蔑《けいべつ》していた。高校を卒業したのに就職も進学もせず遊び呆《ほう》けているし、出かけたまま帰ってこない日が何度もあった。さらにお兄ちゃんは、しょっちゅうお母さんにお金をせびっていた。尊敬できる要素など、微塵《みじん》もなかった。

「おい、聞いてんのか」

お兄ちゃんが苛立《いらだ》たしげな視線を私に送る。

いつもなら渋々従っていたところだ。けど、私はこれから家にいるときは上京のための勉強で忙しくなる。いちいちお兄ちゃんの言うことを聞いていたら、時間を無駄にしてしまう。だから、今後はちゃんと断らないといけない。

そう思って、私はお兄ちゃんの神経を逆撫《さかな》でしないよう、慎重に口を開いた。

「私、これから宿題しなきゃいけないから、無理だよ」

そう言った途端、お兄ちゃんは目を見開き、テーブルの上にあるリモコンを手に取った。

それを、躊躇《ちゅうちょ》なく私に投げる。

「きゃあ！」

パキ！　と音を立ててリモコンが壁にぶつかり、電池カバーが宙を舞った。

「お前さ、ちょっと泳ぎが上手《うま》くなったからって調子乗んなよ」

続いてお兄ちゃんは、ガラス製のコップを手に取った。私は反射的に両腕で頭を庇《かば》う。

「わ、分かった……買いに行くから……」

逃げるように私は居間を飛び出した。学校から帰ってきたままの格好で、家を出る。

身体《からだ》が震えていた。ただ使いっぱしりを断っただけで、物を投げてくるとは思わなかった。

あんなこと、初めてだ。軽蔑の対象だったお兄ちゃんが、ただただ怖かった。

恐れと惨めさで泣きそうになりながら、私は自販機へ向かった。


その翌日の朝。私はお母さんに「都内の大学に通いたい」と相談した。

自分の家の経済状況が常にギリギリであることは把握している。だからお金の心配をされる前に、学費は奨学金で賄《まかな》えることと、自立の費用はバイトで稼ぐことを説明した。お母さんは賛成し、時給の高い旅館のバイトを紹介してくれた。大した力になれなくてごめんね、とお母さんは悲しそうな顔をして謝ったけど、今の私には十分だった。

志望大学が決まったことで、カナエくんに連絡するきっかけができた。私は胸を躍らせながらカナエくんへのメッセージを書いたけど、結局、下書きだけ作って送信はしなかった。高校一年の段階で「カナエくんと同じ大学に行くつもりだから」と話すのは、ちょっと重いというか、突飛すぎると思ったのだ。だから、大抵の高校生はすでに進路を決めているであろう時期――高校三年生の春になったら、カナエくんに進路を伝えようと思った。

こうして私は、上京への道のりを歩み始めた。

それからの一年と数か月は、私が今まで生きてきたなかで、最も過酷な日々だった。

高校一年の夏が終わり、秋が深まり始めた頃。当時はとにかくしんどかった記憶しかない。勉強、部活、バイト。どれも怠けることを許されない状況で、睡眠時間が真っ先に削られた。そのせいで授業の大半はうつらうつらして過ごし、先生の言葉はほとんど頭に入ってこなかった。特に昼食後の五時間目はひどかった。あまりの眠気に、板書を取ろうにもろくに文章を書けないほどだった。

それでも私は内申点を損なわないよう、どれだけ眠くても必死に我慢した。

学校の授業が終わると、ひとまず睡魔からは解放される。かといって楽になれるわけではない。

次に待つのは部活だ。

水泳部の活動自体は、中学時代とさほど変わっていない。夏は校内のプールを利用し、それ以外の季節は基礎トレーニング、または、週一で本土の水泳場に遠征するくらいだ。

ただ、練習は中学よりも大変だった。とにかく顧問が厳しい人で、毎回、体力が尽きるまで泳がされ、もしくは、走らされた。部活が終わる頃には、いつもくたくたになっていた。

それでも、部活が終われればバイトに行かなければならない。乾いたボロ雑巾《ぞうきん》のようになった身体《からだ》から体力と気力を絞り出し、私は笑顔で旅館のホールスタッフとして働く。慣れない環境のうえ、眠気と疲労はピークで、しょっちゅうミスをしていた。パートのおばさんに説教をされたり、クレーマー気質のお客さんに怒鳴られたりすることもあった。そんな日は静かにトイレで泣いた。

バイトが終わる頃には、立ちながら眠ってしまうほど疲労困憊《こんぱい》していた。

それでもまだ、私の一日は終わらない。大学受験に備え、自習しなければならないからだ。家に帰ってから急いで食事とお風呂《ふろ》を済まし、最低でも二時間は参考書と向き合う。袖島《そでしま》高校はおせじにも偏差値の高い学校ではないので、独学は必須だった。

二時間経《た》つと、私は最後の力を振り絞り、ベッドに潜り込む。そして、泥のように眠った。

朝が来ると、平日は学校で、休みの日はバイトか部活。毎日、同じことの繰り返し。だけど決して慣れることはなかった。一日一日が新鮮な苦しみに満ちていた。

そんな生活がずっと続いた。

悲しんだり嘆いたりする余裕もなかった。心も身体《からだ》もボロボロだった。

まさか、これ以上ひどくなるとは、当時は思いもしなかった。


ある日、夢を見た。私が袖島《そでしま》高校へ行くと、教室にカナエくんがいた……そんな夢だ。

「よう、あかり」

私はものすごくびっくりして、カナエくんに詰め寄った。

「ど、どうして袖島にいるの⁉」

「実は、俺が通ってる高校が廃校になってさ。だから袖島高校に編入したんだ」

「そ、そうなんだ……」

全身の力が抜けて、私はへなへなとその場にしゃがみ込んだ。

「だからもう、あかりは頑張らなくていいよ。これからは二人でのんびり暮らそう」

そう言って、カナエくんは私に手を差し伸べる。

「うん……」

私はカナエくんの手を取り、立ち上がった。

それから高校の屋上に行って、二人でお弁当を食べた。私は嬉《うれ》しくなって、たくさん喋《しゃべ》った。

カナエくんは笑顔で私の話を聞いてくれた。

「あかり」

突然名前を呼ばれて、顔をじっと見つめられる。それからカナエくんは、ゆっくりとこちらに顔を近づけてきた。

ドキマギして固まっていると、カナエくんは私の頬《ほお》に触れ、手を離した。

「頬にご飯粒ついてた」

「な、なんだぁ、言ってよ」

あはは、と私は笑った。笑っていると、涙が出てきた。

全部、夢だ。いつかは目を覚まして、現実に向き合わないといけない。それでも、私は今のこの時間を、否定したくなかった。少しでも長く、カナエくんといたかった。

「泣くなよ、あかり」

涙を止めることは、できなかった。


「――先輩、保科《ほしな》先輩」

身体を揺さぶられる。

目を覚ますと、後輩の子がちょっと迷惑そうに私を見ていた。

「袖島に着きましたよ。降りなくちゃ」

「……うん」

起こしてくれてありがとう、と後輩の子にお礼を言い、私は座席を立った。本土の水泳場で泳いだあとのフェリーは、揺れが心地よくて、すぐに眠ってしまう。

フェリーから降り、港でぐっと背伸びをする。外は春の匂《にお》いがした。

私は、高校二年生になった。

学年が一つ上がっても、相変わらず多忙な日々が続いていた。

勉強、部活、バイトの三つに圧迫される毎日。だけど、前進している自覚はあった。成績はぐんぐんよくなったし、貯金も順調に貯まっていった。部活に関しても、朗報があった。

I大学のスポーツ推薦を受けられるかもしれない、と先生から聞いた。一般的な公募推薦と違いスポーツ推薦は、規定の部活動で優秀な成績を収めた学生だけが受験できる入試方法だ。私なら、水泳でインターハイに出場すれば、出願条件を満たせる。

スポーツ推薦のメリットは、公募推薦に比べて倍率が低い点と、学費が大幅に免除される点だ。経済的に苦しい私にとって、魅力的な制度だった。だから私は、勉強に割《さ》いていたリソースを、少しだけ部活に回した。毎年夏に開催される、インターハイの出場権をかけた地区予選大会が勝負所だ。チャンスはあと二回。今まで以上に険しい道のりになるけど、スポーツ推薦は諦《あきら》められなかった。

私は骨身を削って部活に励み、クロールのタイムを縮めていく。それに従い、ただでさえ不足していた睡眠時間は、さらに短くなった。

理由は、部活に力を入れたから、だけではない。

お兄ちゃんのせいだ。

最近、三日に一度くらいの頻度でお兄ちゃんは家に友達を連れてくる。お母さんが仕事でいない深夜、二、三人の仲間を引き連れて自室にこもり、朝までお酒を飲みながら馬鹿《ばか》騒ぎするのだ。下品な笑い声、ふざけ半分の悲鳴、無遠慮な足音。もう、うるさくて仕方がなかった。薄い壁から伝わってくる物音は、布団《ふとん》を頭まですっぽり被《かぶ》っても、私の鼓膜を震わせた。ただでさえ忙しくてストレスが溜《た》まりやすい日々のなかで、眠たいのに眠れないのは、私にとって拷問に等しい辛苦だった。

眠れずに夜が更けていく苛立《いらだ》ちと焦燥《しょうそう》で、どうにかなりそうだった。

「なんなの、もう……」

私は布団の中で小さくなる。できるだけ楽しいことを考えようとした。

上京してカナエくんに会ったら、二人でどこかに出かけたい。水族館とか遊園地とか。二人一緒ならどこでもいい。それで、カナエくんといろんな話をしたい。

カナエくん、部活には入っているのかな。どんな友達がいるんだろう。彼女とか……いるのかな。

もしカナエくんに彼女ができていたらどうしよう。私のことなんて忘れて、私よりも可愛《かわい》い女の子と付き合っていたら……そんなの、嫌《いや》だ。

そうだ、連絡。連絡して、彼女がいるかどうかたしかめよう。でももし、それで彼女がいたら……ああ、もう。どうしてこう、ネガティブな想像しかできないんだろう。

私は考えるのをやめて、眠ることに集中した。

高校二年生の春から月日が流れ、インターハイ予選を目前とした六月になった。

その日も部活とバイトでくたくたになって家に帰ってきた。時刻は二三時を回っている。お風呂《ふろ》に入る前に、私は自室の勉強机の引き出しを開け、中にある通帳を開いた。

貯金は順調に貯まっていた。今日は給料日だったので、記帳すれば大台の一〇〇万円が通帳に記される。守銭奴みたいだけど、通帳を見ると頑張ろうと思えた。

あと数か月で目標の金額に到達するはず、と頭の中で計算していたら、突然、部屋のドアが開いた。

「わっ」

私は驚いて通帳を落としてしまう。

部屋に入ってきたのはお兄ちゃんだった。

「あかり、友達来るからつまみ買ってきて」

ノックもせず部屋に入ってきて、何を言い出すかと思えば、使いっぱしりの催促だった。私は叫びたくなった。人のことを、なんだと思っているのか。

でも、以前みたいに物を投げつけられたらと思うと、怖くて反論できなかった。私は強く唇《くちびる》を噛《か》み、通帳を拾って引き出しにしまう。財布を持ち、せめてもの抵抗で、無言で家を出た。

「早くしろよ」

我慢の限界が近かった。

言われたとおり、私はいつもお兄ちゃんが指定するつまみを買って、家に戻ってくる。お兄ちゃんはお礼も言わず、私が買ってきたものをレジ袋ごと奪い取り、自分の部屋に戻った。

そしてその日の深夜、私が自習を終え眠りにつこうとしたタイミングを見計らったように、お兄ちゃんの友達が家にやって来た。いつもと同じように馬鹿《ばか》騒ぎが始まり、私の睡眠は妨げられる。

ただ、今日はそれだけではなかった。

「彰人《あきと》って妹いるだろ？　たしか、あかりちゃんだっけ？」

お兄ちゃんの友達の一人がそう言った。壁が薄いので話し声は丸聞こえだ。

「いるけど、それが？」

「この前ちらっと見たけど、結構可愛《かわい》かったんだよな。今も隣の部屋にいるんだろ？」

心臓を冷たい舌で舐《な》められたような感じがした。無意識に身体《からだ》が強張《こわば》る。

「ちょっと誘ってみねえ？」

「それいいね。彰人、呼んで来いよ。四人で飲もうぜ」

「やだよ、面倒くせえな」

「えー。じゃあ向こうから来てもらおっかな。おーい！　あかりちゃん！　起きてるー？」

お兄ちゃんたちのいる隣室からげらげらと笑い声が聞こえた。お兄ちゃんも笑っていた。

私は、頭まで布団《ふとん》を被《かぶ》ってガタガタ震えた。もし、お兄ちゃんたちが私の部屋に乗り込んできたらどうしよう。想像すると、涙が出るほど怖かった。

自室のドアに鍵《かぎ》がついていないことを、これほど呪《のろ》った日はない。


結局、その日は一睡もできなかった。何事もなかったとはいえ、本当に最悪な気分だった。もう、我慢の限界が来ていた。

お兄ちゃんの友達が帰った早朝、私は居間にいるお兄ちゃんに直談判《じかだんぱん》した。

「あの、ちょっと言いたいことが、あるんだけど」

「あ？　なんだよ。眠いから後にして」

お兄ちゃんはのんきに欠伸《あくび》をして部屋に向かう。その横柄な態度に、堪忍袋《かんにんぶくろ》の緒が切れた。

「いい加減にして！」

私が叫ぶと、お兄ちゃんは驚いたように振り返った。

「人を使いっぱしりにしたり、夜に馬鹿《ばか》騒ぎしたり……。お願いだから、もうやめて。本当に迷惑してるの」

お兄ちゃんはピク、と頬《ほお》を痙攣《けいれん》させる。

「ちょっと騒いだ程度で大げさだな。耳栓でもしてればいいだろ。あんま偉そうにすんな」

頭の中で熱い何かが弾《はじ》けた。

私は、今まで溜《た》め込んだ分の憎悪と怨念《おんねん》を込めて、言った。

「働いてすらいない人に言われたくない。いつまで肩の故障を引きずってるの？」

お兄ちゃんは、かっと目を見開き、顔を真っ赤にした。

「てめえ、今なんつった！」

ドンッ、と胸骨が折れるんじゃないかと思うくらい胸を強く押された。私は真後ろに倒れ、その際、テーブルの角に腰を強くぶつけた。

「あ、ぐぅ……」

すさまじい痛みが走った。倒れたままピクリとも動けず、全身から汗が吹き出す。私は身体《からだ》を硬直させて、激痛に耐えるしかなかった。お兄ちゃんは舌打ちをして家を出て行き、それから少しして、お母さんが家に帰ってきた。

「あかり！　どうしたの!?」

お母さんは悲鳴を上げ、肩に提げていた鞄《かばん》を床に落として私のもとに駆け寄った。

その後、私は袖島《そでしま》の診療所に運ばれてから、本土の病院に搬送された。

腰椎横突起骨折《ようついおうとっき》の疑い、と診断された。

腰椎の両側に出っ張っている骨の片方にヒビが入っているかもしれない、らしい。鏡で腰の辺りを見てみると、ブルーベリーを潰《つぶ》したような痣《あざ》ができていた。お医者さんが言うには、手術の必要も後遺症もなく、コルセットを巻いて安静にしていたら完治する、とのことだった。

そのため大した費用もかからず、一日入院するだけで済んだ。

問題は安静にしなければならない期間だ。

バイトができるまで三週間。

そして水泳は、二か月間も許可されなかった。つまり、高校二年のインターハイは諦《あきら》めざるを得なかった。

私は部屋で死体のように寝込んだ。インターハイという大きなチャンスを一つ失った絶望で、静かに枕を濡《ぬ》らした。本当はぐしゃぐしゃに泣きじゃくりたい気持ちでいっぱいだったけど、しゃくりを上げたり嗚咽《おえつ》を漏《も》らすと、腰に五寸釘《ごすんくぎ》を刺されたような痛みが走るのだ。だから、感情を押し殺してゆっくりと悲しみを消化するしかなかった。

何も事情を知らない人が私を見たら、ただ呆《ほう》けているだけに見えただろう。だけど心の中では、朝から晩まで、ずっと叫んでいた。

――あれだけ頑張ったのに！　勉強とバイトの時間を削ってまで部活に打ち込んだのに！

――どうしてこんなにひどい目に遭わないといけないの？　私の努力はなんだったの？

インターハイに出場できるチャンスはあと一回しかない。考えるだけで、胃がキリキリと痛んだ。

悲嘆に暮れる私を心配してくれたのは、お母さんくらいだった。私が激痛で歩くことすらままならず家で寝込んでいる間、お母さんは仕事を休んで付きっきりで看護してくれた。

「ねえ、あかり。あのとき、何があったの？」

ベッドのそばでお母さんが不安そうに訊《き》いてきた。

本当のことを言おうか悩んだ。もし事実を伝えれば、きっとお母さんに心労を強《し》いる。勉強や部活やバイトと同じくらい、私にとってお母さんに負担をかけることは辛い。でも、さすがに今回ばかりは黙っているわけにはいかないと思って、私は告白した。

「お兄ちゃんに押されて……それで、転んで腰をぶつけたの」

お母さんは、悲痛な表情を浮かべた。

「そう……やっぱり、そうだったのね……分かった。ごめんね、お母さんがいるのにあかりをこんな目に遭わせちゃって……」

「ううん、お母さんのせいじゃないよ。気にしないで」

「こんなことが二度とないよう、彰人《あきと》にちゃんと注意しておくから」

お母さんは力強くそう言った。頼もしかった。少なくとも、当時はそう思えた。

その日の夜、私が部屋で寝込んでいると、居間からお母さんの声が聞こえた。お母さんにしては珍しく激しい口調だった。

私は気になって様子を見に行こうとした。腰に負担をかけないようベッドから起き上がり、廊下に出る。そして少し開いた扉の隙間《すきま》から、居間の中を覗《のぞ》いた。

そこには、ソファに座るお兄ちゃんを叱《しか》りつけるお母さんの姿があった。

怒るのに慣れない様子で必死に説教をするお母さんに対して、お兄ちゃんはうんざりした顔で、ただ話が終わるのを待っているように見えた。

ふと、私とお兄ちゃんの目が合った。

お兄ちゃんは一瞬で眼差《まなざ》しに憎悪を込めた。まるで射殺《いころ》すような目に、私は慌てて自分の部屋に逃げ帰った。

お母さんに事実を伝えたことを、私は後悔し始めていた。


私が部活に復帰する頃には、袖島《そでしま》高校の水泳部は地区予選で敗退し、先輩の三年生たちは引退していた。

残った部員たちは、私のことを快く出迎えて「怪我《けが》はもう大丈夫？」とか「帰ってくるのを待っていました」とか、そう言ってくれた。心が荒《すさ》んでいた時期、部員たちのねぎらいは胸に沁《し》みて、私は感極まって泣きそうになった。

今まで部活は、自分の結果を出すことばかりに囚《とら》われて、部員たちとはあまりコミュニケーションを取れていなかった。だからこれを機に、私のほうから歩み寄ってみよう、と当時は思った。

　復帰後、以前より私は、部員たちに話しかけるようになった。積極的に後輩の指導にあたり、休憩時間には部員に世間話を持ちかけた。

　みんな、愛想よく私に接してくれた。みんなと笑っている間は嫌《いや》なことも忘れられた。高校に入ってから、あの頃が一番楽しかった時期かもしれない。

　けど、楽しい時間は長くは続かなかった。

　怪我から復帰して二週間ほど経《た》った頃だ。私が学校のプールのトイレにいたら、二人の部員がトイレに入ってきた。二人とも私が個室にいることに気づいていないようで「保科《ほしな》さんって――」と噂《うわさ》話を始めた。

「正直、何考えてんのか分かんないですよね」

「ね。あんな大事な時期に怪我しといて、今さら何もなかったみたいに顔出してくるとかさ。あり得ないでしょ」

「あの怪我、彰人《あきと》さんにやられたらしいですよ」

「え、マジで？　ＤＶ？」

「彰人さん、今すごい荒れてるみたいなんですよ。友達に借金しまくってるって聞きました」

「へー、やばいね。そういや、お金っていえばあかりもバイトしてるよね。東京の学校に行くとかなんとかで。兄妹《きょうだい》揃《そろ》ってお金に困ってんのかな」

「そのうち、私たちも保科《ほしな》さんからお金をせびられるかもしれませんね」

「はは、あり得る――」

二人がトイレから出ていったあとも、私はしばらくショックで立てなかった。

怒りは湧《わ》いてこなかった。ただ猛烈に自己嫌悪した。お世辞を本心だと思い込んで「みんな私を慕ってくれている」と勘違いしていた自分が恥ずかしかった。

それから私は意図的に部員を避けるようになった。今思えば、当時は深刻な人間不信に陥っていた。プールサイドで誰かが笑うと、私を揶揄《やゆ》しているんじゃないかと不安になり、部員から話しかけられても、素直に相手の言葉を信じられなくなった。

次第に部員たちが私に話しかけてくることは少なくなり、私は部内で孤立した。

人間不信の症状は教室でも現れた。元々、休み時間は机に突っ伏して寝ているのでクラスメイトとの会話は少なかったけど、以前より一層口数が減り、昼休みも一人で昼食を取るようになっていた。


どこにも、私の居場所はなかった。

かろうじて居場所と呼べるのは、袖島《そでしま》高校の屋上くらいだ。

昼休みに教室にいるのが辛いとき、私は屋上手前の踊り場で時間を潰《つぶ》していた。屋上へ続く扉の開け方を知ってからは、何度も屋上に足を運び、昼休みが終わるまでそこにいた。

屋上にいると、不思議と気持ちが落ち着いた。まるで袖島という巨大な水槽から、頭だけ出して息をしているような気分になれた。

――早く、この島から出たい。

五時間目の予鈴が鳴ると、私はまたブクブクと日常に沈んでいく。

私が腰を怪我《けが》した日から、お兄ちゃんの迷惑行為は鳴りを潜めていた。家に友達を呼ばなくなり、私をこき使うこともなくなった。でもそれは、最初のうちだけだった。

私が高校二年の秋を迎える頃に、お兄ちゃんの迷惑行為は再燃した。どころか、以前よりエスカレートしていた。深夜に馬鹿《ばか》騒ぎする頻度は高まり、二日酔いで機嫌が悪くなると、私に罵詈雑言《ばりぞうごん》を吐いたり、物を投げつけたりしてきた。ひどいときは私の肩を殴ったり、背中を蹴《け》ったりした。私の腰の骨にヒビを入れたことなど、微塵《みじん》も気にしている様子はなかった。むしろ私に怪我をさせたことで、何かのタガが外れたようだった。

反抗する気力なんてものは残されていなかった。私はただ謝ってその場をやり過ごした。

お母さんは顔を合わせるたびにお兄ちゃんを叱《しか》りつけた。でも逆効果だった。お兄ちゃんはお母さんの説教で溜《た》めた鬱憤《うっぷん》を、私を殴ったり蹴ったりすることで晴らした。

地獄、だった。

それでも……どれだけ辛くても、私は勉強も部活もバイトも、休むわけにはいかなかった。

辛いのは高校生のうちだけだ、と何度も自分に言い聞かせ、辛さを忘れようとした。上京してカナエくんに会うことだけが、この地獄のような日々のなかで、唯一の希望だった。

魂を削る思いで一日一日をなんとか乗り越えていた。なんなら、高校生活をスキップして東京に行けるなら、数年分の寿命を差し出してもいいくらいだった。

だから、私はひたすら頑張った。

何があっても挫《くじ》けないつもりだった。

それでも、今日。

高校三年生を目前にした春休みの最中。

カナエくんが袖島《そでしま》に帰省してきた、四月一日。

私の心は、完全に折れた。

今日のバイトは昼の三時までだった。学校が休みの日はいつもフルタイムでシフトを組んでいるのだけど、翌日が休館日のため、仕事が早く終わったのだ。

私は帰宅し、鍵《かぎ》を開けて家の中に入った。廊下を進み、自室に足を踏み入れた直後、勉強机の引き出しが少し開いていることに気がついた。

いつもちゃんと閉じているはずなのにな、と思いながら、私は何気なく引き出しを閉じようとして——手を止めた。

引き出しの中にあるはずの貯金通帳と判子がなかった。

「……え？」

しばし呆然《ぼうぜん》とした。今思えばそれは、あとに来る巨大な衝撃に備えるための猶予だったのかもしれない。

「な、なんで——」

雷が落ちたような衝動に駆られ、私は勉強机の引き出しをすべて開けて通帳を捜した。それでも見つからなくて、タンス、ベッドの下、バッグの中まで、切羽詰まった強盗みたいに、くまなく捜した。

通帳は、どこにも見つからなかった。

どうしよう。これじゃ、自立のお金が——。

私はその場で声を上げて泣きだしたくなった。けど、ぐっと堪《こら》えて頭を回した。

盗まれた、のかな。でも、部屋が荒らされたような形跡はなかったし、家にはちゃんと鍵がかかっていた。なら、家族の誰かが持ち出したのだ。

お兄ちゃん以外に考えられない。

私は震える手で携帯を取り出し、お兄ちゃんに電話をかけようとした。けど、発信する直前で手が止まった。

もし……もし、違っていたらどうしよう。きっとお兄ちゃんは怒る。今度は殴ったり蹴《け》ったりじゃ済まないかもしれない。そう考えると、怖くて電話できなかった。

どうすればいいのか分からずにいると、ふと、一つの可能性が頭をよぎった。

――通帳、借りてるだけかもしれない。

まだ盗まれたと決まったわけではない。それに、お母さんが何かの用事で持ち出している可能性もある。

都合のいい解釈を並べて自分を落ち着かせた。そうでもしないと、動悸《どうき》が激しくなって吐き気がした。とにかく現実から目を逸《そ》らしたかった。

こんな状態で勉強しても何一つ頭に入らないだろう。かといってじっとしている気にもなれず、私は家を飛び出した。

とにかく不安を紛らわしたくて、がむしゃらに走った。

三〇分もしないうちに体力が尽き、私は堤防に座り込んだ。

息を整えながら、じっと海の向こうを見つめる。薄ぼんやりと見える本土の影が、とても遠くにあるように感じた。

――もう、東京には行けないかもしれない。

そう考えると、つう、と涙が出てきた。

そのときだった。

カナエくんが、私の前に現れたのは。

夢ではない。現実の、本物のカナエくんだった。

「あかり……?」

「か、カナエくん?」

なんの前触れもなく訪れた再会に、私は激しく動揺して、堤防から落っこちそうになった。

そんな私を、カナエくんは支えてくれた。

私はなんでもないふうを装ってカナエくんに接した。二年ぶりに会って早々、通帳がなくなったとか、お兄ちゃんが荒れたとか、そんな暗い話はしたくなかった。

カナエくんと話していると、乾ききった心に温かい水が浸透していくような感じがした。幸せな時間だった。それに彼女がいないことを確認できたときは、安心してその場にへたり込みそうになった。

「カナエくんが行く大学ってさ、もう、決まってるんだよね」

私はカナエくんにそう尋ねた。

「ああ。都内のI大だけど」

予想していたとおりの返答だった。

――やっぱり、私は東京に行かなきゃダメだ。

だったら、こんなところで燻《くすぶ》っているわけにはいかない。私はひとまずカナエくんに別れを告げて、家に帰った。

決心が揺らがないうちに携帯を取り出し、お兄ちゃんに電話をかけた。通帳の行方を知るためだ。

……だけど、お兄ちゃんは電話に出なかった。

出鼻を挫《くじ》かれた気分だった。でも、諦《あきら》めはしなかった。

お兄ちゃんの帰りを、私は居間でじっと待った。


夜の九時頃になって、ようやくお兄ちゃんは帰ってきた。

私は勇気を振り絞って、お兄ちゃんを問い詰めた。

「ね、ねえ。私の通帳、持ってったりしてないよね？」

お兄ちゃんは私を一瞥《いちべつ》したあと、ポケットから通帳と判子を取り出し、私に渡した。

やっぱりお兄ちゃんだったんだ……と思いつつも急に逆上しなかったことにひとまず安心して、私は通帳を開く。

目を疑った。

一〇〇万円以上あった貯金の残高は、残り一二〇〇〇円になっていた。

一瞬で頭から血の気が引いた。

「どういう、ことなの……」

震える声で理由を問うと、お兄ちゃんは苦虫を噛《か》み潰《つぶ》したような表情で言った。

「車、傷つけちまったんだよ。暴力団みたいな人の。弁償しなくちゃなんなくてよ。だから、ちょっと借りた」

私は絶句して、何も言えなかった。

お兄ちゃんは構わずに続ける。

「ま、別にいいだろ。どうせ大学だって受かるかどうか分かんねえんだしさ。それでも東京に行きたいんなら、水商売でも始めたらどうだ？」

「水、商売……」

「まぁ、それはどうでもいいんだよ。悪いけど、ちょっと飲みに行きたいから五〇〇〇円ほど貸してくれよ。財布にそれくらい入ってるだろ」

怒りが度を越すと、頭の中が冷たくなるのだと初めて知った。

いつかテレビで見た、液体窒素を使った実験の映像が脳内で再生された。液体窒素に浸して凍りついたバラの花を握り潰すと、粉々になって、手から滑り落ちる――。

私の理性も、そのバラの花のように砕け散った。

「うあああ！」

私は絶叫し、お兄ちゃんに掴《つか》みかかった。

「どうして！　どうしてそんなことができるの!?　どうして私の邪魔ばかりするの!?」

「おい、離せ！」

「一生懸命貯めたのに！　死ぬほど頑張ったのに！　私のこと、何も知らないくせに！」

「どけ！」

お兄ちゃんは私を強引にはねのけた。私は真後ろに倒れ、床に背中を強打する。

「ぐぅ……」

痛みに悶《もだ》えていると、お兄ちゃんは私に怒鳴った。

「お前だって俺のこと何も知らねえだろうが！　こっちだって父さんなり野球なり、奪われ続けてんだよ！　何も悪いことしてねえのに！　だったら、俺だって奪っていいだろ！」

「そんなの、知らない……！　お父さんを亡くしたのは私も同じだし、野球ができなくなったからって、人のお金を盗んでいいことにはならないでしょ……！」

「てめえ……！」

お兄ちゃんが拳《こぶし》を作って私に詰め寄る。

ぞくりと寒気がした。お兄ちゃんの目は、正気を失っているように見えた。

床に倒れたまま後ずさろうとしたとき、携帯が震える音がした。

私の携帯がそばに落ちていた。倒れた拍子にポケットから落ちたのだろう。

発信者は、カナエくんだった。

考える間もなく、私は急いで携帯を手に取り、応答した。

「カナエくん、助けて――」

「おい！　何勝手に取ってんだ！　この」

お兄ちゃんは私の携帯を奪い、すぐに切った。

「クソ、面倒なことしやがって……」

携帯を床に投げ捨て、お兄ちゃんは私を指差した。

「この島から逃げられると思うな。お前は黙って俺の言うこと聞いてろ」

吐き捨てるように言って、お兄ちゃんは家から出ていった。

私は、壊れたようにその場で泣きじゃくった。

第六章

4月1日 18時

グリーンスリーブスのチャイムが鳴り渡るなか、俺は祠《ほこら》に祀《まつ》られた石を見ていた。

その場から一歩引いて、俺は視線を上げる。

満開の桜に、暮れなずむ空。辺りには打ち捨てられた遊具。間違いなく廃集落の公園だ。

右ポケットから携帯を取り出し、時間を確認する。画面には四月一日の日曜、一八時と表示されていた。

俺が袖島《そでしま》に帰省してきた日。そして、彰人《あきと》の命日となる日だ。

やっと、この時間に戻ってきた。五日ぶりの、四月一日。

自分が今から何をすべきなのかは理解している。居酒屋『飛鳥《あすか》』へ向かい、彰人に酒を飲ませないようにする。それだけだ。何も難しくはないし、焦る必要もない。

だが、ロールバック直前に公園で速瀬《はやせ》さんから聞いた話が、喉《のど》に刺さった小骨のように胸に引っかかっていた。

『あかりちゃんに、暴力を振るってたとか』

もし事実なら、許しがたい話だが……あくまで噂《うわさ》だ。いくら荒れたからといって、過去に俺を助けてくれたあの彰人が、あかりに暴力を振るうとは考えられない。考えたくもない。

とりあえず今は、彰人の死を阻止するために行動すべきだろう。噂の真偽をたしかめるのは、そのあとだ。

俺は廃集落から走って居酒屋『飛鳥』へ向かう。彰人の来店は夜の九時頃だから、余裕は十分すぎるほどにある。そう理解していても、気が急《せ》いた。

二〇分ほど走って、目的地に着いた。居酒屋『飛鳥』から少し離れたところで、俺は出入り口を見張る。あまり出入り口に近すぎると、他の客の迷惑になるので、こうして距離を取っていた。

あとはもう、彰人が訪れるのを待つだけだ。今は一八時半だから、残り二時間半近く。

俺は近くの電柱にもたれ、待つ体勢に入った。

そのとき、ズボンのポケットに入った携帯が震えた。取り出して着信を見ると、自宅からだった。俺は電話に出る。

「もしもし?」

『今、どこにいるんだい。そろそろ晩ごはんだから、帰ってきな』

お祖母《ばあ》ちゃんだった。そういやこの日は、「頭冷やしてくる」と言って家を飛び出したきりだ。

「ごめん。ちょっと今、いろいろあって……帰るの、遅くなりそう」

『いろいろ? 遅くって、何時頃』

どうしようか。今すぐ帰るわけにはいかないし、いつ帰宅できるかも分からない。なら。

「ごめん、まだ分からない。だから、帰る時間が分かり次第また連絡するよ。たぶん、かなり遅くなると思うけど」

『まだ、エリと喧嘩《けんか》したこと引きずってるんじゃないだろうね』

なじるようにお祖母《ばあ》ちゃんが言った。

「違うよ。完全に別件だ」

『……そうかい』

「晩ごはんも、別に俺のぶんはいいから」

『分かった。でも、早めに帰ってくるんだよ。エリもああ見えて、結構あんたのこと心配してるんだからね』

「……そっか」

じゃあまた連絡しなよ、と言ってお祖母ちゃんは通話を切った。

四月一日の夜、俺は友達の家に泊まっていた——以前、お祖母ちゃんが俺にそう教えてくれた。だが今のところ誰かの家に泊まるような流れには至っていないし、そうなるとも思えない。何もアクシデントが起きていないという点では、順調だ。

少々謎《なぞ》は残るが……まぁいい。今日中にすべて終わらせて、さっさとお祖母ちゃんの家に帰ろう。

これから、未来を変えるのだ。

空が朱色から青黒い夜の色に移り変わって、しばらく経《た》った。

「うー……寒いな」

自分の肩を擦《さす》りながら一人呟《つぶや》く。

時刻は、夜の九時を少し過ぎたところだ。まだ、彰人《あきと》は来ていなかった。見逃したんじゃないかと少し前に居酒屋の中を覗《のぞ》いてみたが、彰人の姿はなかった。

居酒屋『飛鳥《あすか》』の店主は「九時頃」と言っていたので、まだ来ていなくてもおかしくはない。

だが、少し不安になってきた。

彰人は今、どこで何をしているんだろう。彰人の連絡先が分かれば苦労しないのだが……。

「──あ」

そうだ。あかりに彰人の連絡先を聞けばいいじゃないか。もっと早めに気づくべきだった。

早速、俺は携帯であかりに電話をかけた。三コール目で、電話に出た。

「もしもし、あか──」

『カナエくん、助けて──』

『おい！　何勝手に取ってんだ！　この』

通話が切れた。

「……なんだ、今の」

突風が過ぎたように胸がざわついた。

電話に出たのはあかりだ。それは分かる。だが、その後の罵声《ばせい》は誰の者だ？　声が遠くてよく聞こえなかった。

冷や汗がこめかみを伝う。

何か大変なことが起きている。でなければ、電話に出た途端「助けて」なんて言わない。

俺はもう一度、あかりに電話をかけた。……だが、出なかった。

――あかりを、助けないと。

俺は走りだした。向かう先はあかりのアパートだ。そこにいる確証はないが、違ったら違ったで、すぐ他の場所を当たるつもりだった。

街灯の少ない車道沿いの道を、全力で疾走する。間もなくしてあかりのアパートに着いた。

肩で息をしながら、俺はドアホンを鳴らす。だが反応はなかった。ドアを強めにノックしてみたが、それでも無反応だった。

試しにドアノブを捻《ひね》ってみると、開いた。

俺は「お邪魔します」と言って中に入る。状況が状況だ。ためらっている暇はない。

廊下を少し進み、開け放されたドアを抜けると、居間に出た。

居間の真ん中で、一人の女の子が亀《かめ》のように小さくうずくまっている。あかりだ。

「あかり！　大丈夫か！」

俺はあかりの元に駆けつける。そばにしゃがみ、背中にそっと触れた。途端に、あかりは勢いよく上体を起こし、俺の手を払った。

「やめて！　触らな――」

俺と目が合うと、あかりは驚いた顔をして固まった。

あかりの顔が徐々に悲痛に歪《ゆが》む。目が潤み、堰《せき》を切ったように泣きだした。

「うあああああ！」

声を上げると同時に、俺の胸に顔を押し付けてきた。

今度は俺が固まる番だった。だがすぐに、自分が何をするべきなのか理解した。

俺はゆっくりと手を回し、あかりの背中を擦《さす》る。ずっとずっと昔、お祖母《ばあ》ちゃんにしてもらったことを、俺はあかりにした。

背中を擦り続けていくらか時間が過ぎた頃、ようやく嗚咽《おえつ》が収まり、あかりは俺の胸元から顔を離した。その際、クモの糸のような細い線が、俺の服とあかりの鼻先を繋《つな》いだ。

俺は机の上に置いてあったティッシュ箱を取り、あかりに差し出す。あかりは無言で受け取ると、鼻をかんだ。

「落ち着いたか？」

「……んん」

肯定とも否定ともつかない、どろどろの鼻声だった。弱々しく肩を丸めて、じっと床を見つめている。

一体何があったのだろう。よほどのことが起きない限り、あれほど激しい泣き方はしない。俺はあかりの顔から視線を下ろす。特に乱暴されたような形跡はない。これといった怪我《けが》も見当たらなかった。

「どこか、痛んだりしないか?」

俺が問うと、あかりは無言で首を横に振った。俺は質問を続ける。

「ここで何があったんだ?」

そう尋ねた途端、またあかりの目に涙が滲《にじ》んだ。顔をくしゃりと歪《ゆが》め、細くなった目から涙が溢《あふ》れる。

「……おか……んぐっ……とら、れて……」

途切れ途切れで、上手《うま》く聞き取れなかった。まだろくに話せる状態ではない。

「分かった、無理して話さなくてもいい。大丈夫。大丈夫だから……」

俺はまた、幼子《おさなご》をあやすようにあかりの背中を擦《さす》った。

背中を擦りながら、ちらりと居間の壁にかけられた時計に目をやる。時刻は二三時。おそらく彰人《あきと》は、とっくに居酒屋『飛鳥《あすか》』に入店して酒を飲んでいる。酔いの程度は分からないが、電話で「それ以上、酒を飲むな」と伝えても、相手にされないだろう。直接止めに行かないと。まだ時間に余裕があるとはいえ、彰人の命がかかっている。あかりのことは心配だが、そうゆっくりしていられない。

「すまん……あかり。俺、ちょっと行かなきゃいけない場所があるんだ」

そう言った途端、あかりはぱっと顔を上げて俺の右腕を掴《つか》んだ。そして縋《すが》り付《つ》くように言う。

「い、いかないで……」

「大丈夫だ、すぐ戻ってくるよ」

「やだ……いかないで、ほしい……」

涙目で懇願するあかりを見ていると、胸が締め付けられた。

やっぱり、ダメだ。置いていけない。

「分かった。なら、一緒に行こう」

俺が立ち上がると、あかりもゆっくりと腰を上げた。

あかりに腕を掴まれたまま、俺たちは歩き出す。

「……どこ、行くの」

「居酒屋だ。そこに、彰人がいるんだ」

居間を出たところで、あかりが足を止めた。俺は腕を引っ張られる。

「どうして……そんなとこ、行くの」

あかりは潤んだ目を俺に向けた。

「彰人が死ぬかもしれないんだ。だから、居酒屋に行って酒を飲むのをやめさせないと」

「……どういう意味？」

「歩きながら説明するよ」

「ここで、説明してほしい」

「でも、あまり時間が……」

「お願い」

　あかりは頑《かたく》なにその場から動こうとしない。その潤んだ双眸《そうぼう》には、固い意思が感じられた。

　たしかにあかりにとってはわけの分からない話だろうが、そこまで意固地になることか……？

　考えている暇はない。説明すれば、あかりはついてきてくれるはずだ。

「……ちょっとややこしい話になるぞ」

　あかりはこくりと頷《うなず》き、俺の腕から手を離した。

「俺は、タイムリープしたんだ」


　ロールバックについて、俺はできるだけ詳細に説明した。

「理解できたか？」

　あかりは頭痛に苛《さいな》まれたかのように頭を押さえる。

「そんなの、信じらんないよ……」

　それもそうか、と納得してしまった。

　思い返せば、俺があかりにロールバックの説明を受けたときも、すぐには飲み込めなかった。ロールバックを実際に体験して、ようやく信じざるを得なくなったくらいだ。

正常な時間の流れのなかで生きているあかりに、どう説明すれば信じてもらえるだろう。

未来人らしく、未来予知でもしてみるか？　しかしここ数日で起こった大きな出来事といえば、それこそ彰人《あきと》の死くらいのものだ。一応、テレビや携帯でここ数日のニュースはちらほらと目にしていたが、内容は断片的にしか覚えていない。

俺は今の時間を確認する。時刻は二二時半。あまりゆっくりしていられない。

「とにかく、行こう。歩きながら話してれば、そのうちあかりも信じるようになるよ」

「でも……」

あかりは俯《うつむ》いて、自分の服の裾《すそ》を両手で握る。説得に応じてくれない。

仕方ない。多少強引になるが、ここは引っ張ってでも連れて行かないと。

俺は俯くあかりに手を伸ばす。

するとあかりは、驚いたように後ずさった。そのとき、ドアのわずかな段差に足を引っかけ、ドシンと尻《しり》もちをつく。

「痛ったぁ……」

「ご、ごめん！　大丈夫か？」

俺は慌ててあかりのそばに寄った。痛みに悶《もだ》えるあかりに、狼狽《ろうばい》しながら声をかける。

「本当に悪い。せめて一声かけるべきだった」

「いや……いいよ」

あかりは決まりが悪そうに一人で立ち上がると、痛そうに腰を擦った。

「平気か？　腰とか問題なさそうか？」

「……腰？」

あかりは怪訝《けげん》な顔をする。

「怪我《けが》してるんだろ？　たまに痛むって、あかりから聞いたぞ」

あかりは驚いた様子で目をしばたたかせた。

「それ、いつの話？」

「袖島《そでしま》高校に忍び込んだときだよ」

「袖島高校？」

「ああ。あかりに連れていってもらったんだ。女子トイレから学校に侵入してさ。あそこの鍵《かぎ》、窓枠を揺らすと開くようになってるだろ？　クレセント錠が歪《ゆが》んでるとかで」

「ど、どうしてそんなこと知ってるの？　一部の女子しか知らないはずなのに……」

「未来のあかりに、教えてもらったんだよ」

そう言うと、あかりは考え込むように顔を伏せた。未《いま》だその表情から疑念の色は消えないが、少しだけ、信じようとする意思を感じ取れた。

今なら、彰人《あきと》の話を信じてくれるかもしれない。そう思って、俺は切り出した。

「聞いてくれ、あかり」

あかりは顔を上げる。

「さっきも言ったけど、俺は数日先までの未来をすでに体験しているんだ。だから、これから起きることを予知できる」

あかりは少しの間隔を開けて、こくりと頷《うなず》く。

「今日の深夜……午前〇時から二時の間に、彰人は急性アルコール中毒で亡くなる。だから俺は、それを防ぐために彰人がいる居酒屋に行かなきゃいけないんだ」

「お兄ちゃんが死ぬのを、防ぐために……」

「そうだ」

彰人が死ぬかもしれない、という事態をようやく理解したのか、あかりは驚愕《きょうがく》や困惑といった感情がない交ぜになった顔をした。何かを喋《しゃべ》ろうとしているのか口を震わせているが、一向に言葉は出てこない。

「悪いが、あまりのんびりもしていられないんだ。一緒に、来てくれるよな？」

返事の催促すると、あかりは、ひねり出すようにか細い声を出した。

「う、うん……一緒に、行く……」

「よし。じゃあ急ごう」

居間を出て、俺とあかりはアパートを後にした。

居酒屋を目指して、肌寒い夜空の下を急ぎ足で進む。俺が先導していた。あかりは俺のすぐ後ろをぴったりついてくる。互いに一言も話さず、黙々と夜道を歩いた。

もうすぐ、俺はここ数日間の目的を達成する。

居酒屋に着いたら、力ずくでも彰人《あきと》の飲酒をやめさせよう。もし彰人が暴れて抵抗したり、すでに急性アルコール中毒の症状が出ていたりしたら、そのときは通報すればいい。とにかく居酒屋に着きさえすれば、彰人の死を阻止できる。

思い返せば混乱ばかりの数日間だった。未《いま》だに不明瞭《ふめいりよう》な点は多いが……もう深く考える必要もないだろう。彰人を救えるなら、それで――。

ぐい、と突然、後ろからあかりに腕を引っ張られた。

足を止めて振り返る。ちょうど街灯の下で、あかりの顔がはっきり見えた。

俺は息を呑《の》んだ。

あかりは少し俯《うつむ》いて、ぽろぽろと涙を流していた。

「やっぱり、だめだ……」

俺の腕を握る手に力が入り、服越しに爪《つめ》がめり込んだ。細い腕からは想像できないほど強い力だった。

「ごめん、カナエくん……私、もう無理……」

「ど、どうしたんだ？　無理って、何がだよ」

俺を引き止めた理由も涙を流している理由も分からず、俺は混乱する。

あかりは顔を上げて、泣きながら、懇願するように言った。

「お兄ちゃんのこと……救わなきゃ、ダメかな……？」

一瞬、言葉の意味を理解しかねた。

あかりがそんなことを言うとは、思ってもみなかったから。

「そっ……」

驚愕《きょうがく》で上手《うま》く舌が回らない。頭が揺れるような感じがして、地面を踏みしめる感触が曖昧《あいまい》になった。

「そりゃあ……ダメだろ……」

「でもっ……」

あかりは俯いて、空いたほうの手で自分の服を握りしめた。まるで駄々をこねる子供のような仕草だった。

「どうしたんだよ、あかり。今から助けに行くのは、彰人だぞ？　実の兄貴なのに……」

「それでも、無理……私、助けたくない……顔も合わせたくない……」

「でも、助けなきゃ、彰人が死ぬんだぞ？」

「でも……………やだ…………」

あかりは俯《うつむ》いたまま、ぶんぶんと首を横に振る。

弱々しい姿だった。まるで怯《おび》えているような。怖くてたまらず、俺に助けを求めているような。だが、あかりが何を怖がっているのかが分からない。ここまであかりは、感情をそのままぶつけるような言葉ばかりで、俺は何一つ事情を汲《く》めなかった。

「どうして、彰人《あきと》を助けたくないんだ?」

「だって……ひどいから……」

「ひどい?」

「お兄ちゃん、私のこと、殴ったり蹴《け》ったりするから……」

「え――」

頭から血の気が引く感じがした。聞き間違いであってほしかった。

「本当……なのか?」

「うん……」

あかりは頷《うなず》いたあと、訥々《とつとつ》と語り始めた。

頻繁に物を投げつけられたこと。髪を引っ張られたこと。腰の骨にヒビを入れられたこと。毎日のように使いっぱしりさせられていたこと。バイトして必死で貯めた貯金を盗まれたこと。水商売を勧められたこと……。

あかりが言葉を発するたび、俺は、彰人に対して血が沸騰するような怒りと、あかりに対する深い憐憫《れんびん》を覚えた。二つの巨大な感情は、ハサミのように重なって俺の胸をザクザクと切り刻んだ。

悲痛な叫びだった。耳を塞《ふさ》ぎたくなるような話だった。

あかりの話を聞くにつれ、怒りと憐憫の他に、もう一つ、膨らんでいく感情があった。

後悔だ。どうしてあかりを置いて袖島《そでしま》を離れてしまったのか。どうしてもっと早く気づけなかったのか。どうして、連絡の一つもしてあげられなかったのか。俺は心の中で自分を激しく問いただした。

俺が、ずっとあかりのそばについていてやれば――。

「――ねえ、だから、お願い、カナエくん……」

あかりは、最後に振り絞るような声で訴えた。

「お兄ちゃんのこと……助けるの、やめよう……？」

俺は、何も返せなかった。

ここまで来て、迷った。

彰人を救うべきか否《いな》か。

救うべき――最初はなんの疑いもなくそう考えていた。でも、彰人はあかりにひどいことをしていた。聞くだけで気分が悪くなるような、ひどいことを。さらに、彰人の妹であり、俺の大切な幼馴染《おさななじみ》であるあかり自身が、彰人《あきと》の死を望んでいる。

でも……彰人だって、生きていればいつかは更生するかもしれない。お金を返すかもしれない。しかし死んでしまったら、そこで終わりだ。よくなる可能性も悪くなる可能性も、一切合切、失われる。それを分かっていながら彰人を見殺しにすることは、果たして許されるのか？

分からない。

彰人の命と、あかりのお願い。どちらを、選べばいい？

天秤は、どちら側にも傾こうとしない。

俺は悩んだ。ひたすら悩んで——ふと、昔の記憶が蘇《よみがえ》った。

小学五年生の、遠足だ。あかりと夜の教室で話した、なんでもない思い出話。

転んで泥まみれになったあかりのことが見ていられなくて、俺はわざと転んであかりと同じ泥まみれになった。

友達が泥まみれになったら、自分も泥まみれになるのが友情。当時はそう思っていた。

今はどうだ。

今も俺は、あかりと同じ、泥まみれになる覚悟はあるのか？

俺は、一人で頷《うなず》いた。

「……分かった」

短く息を吐く。選択を済ませた。

「彰人を救うのは、やめよう」

そう言った途端、あかりは俺の腕から手を離し、気が遠くなったようにふらついた。俺は慌ててあかりの肩を掴《つか》み、倒れないよう支える。

「大丈夫か？」

「ごめん……その、力が抜けちゃって……」

顔色がよくない。まともに立てないほど疲弊しているようだ。

「……家まで送るよ」

俺はあかりの身体《からだ》を支えながら、来た道を引き返した。

彰人がいる居酒屋とは、逆方向に進む。

そこに会話はない。俺は、いや、きっとあかりも、重大な決断を下したあとのインターバルを欲していた。


やがて、あかりのアパートに着いた。ドアを開け、中に入る。

あかりはまだ一人で歩けそうにない。どこかに寝かせてやろうと廊下に上がったら、あかりがすぐ左手にある部屋を指差した。指示どおり、俺はあかりを連れて部屋に入る。

パチン、と壁のスイッチを押して照明を点《つ》ける。五畳ほどの質素な部屋だった。どことなく甘い香りがする。

ここは、あかりの自室だろう。入るのは初めてだ。ドアの向かいには木製のベッドがあり、視線を右に移すと、壁に吊《つ》り下げられた袖島《そでしま》高校の制服が目に入った。

俺は軽く部屋を見渡す。漫画を中心とした本が収められた本棚、プラスチック製のチェスト、そして、古い勉強机に目が留まった。机の上には参考書が山積みにされていて、その一冊一冊に大量の付箋《ふせん》が挟まれている。

「あんまり見ないで……」

部屋を眺め回していたら、あかりに注意された。「わ、悪い」と俺は謝罪し、あかりをベッドに横たわらせる。そして、首元まで布団《ふとん》をかけた。

「今日はもう寝たほうがいい。明日、落ち着いてからまた話そう」

「うん……」

眠りにつくまで付き添ったほうがよさそうだ。照明を常夜灯に変え、俺は床に座り、ベッドに背を預けた。

すると、俺の背中にあかりの手が触れた。

振り返ると、あかりは俺に手を差し伸べ、おずおずと言った。

「手、握ってほしい」

少し驚いたが、俺はすぐ了承する。

「ああ、分かった」

身体《からだ》をベッドに向け、俺はあかりの手を握った。するとあかりも、握り返してきた。細くて柔らかくて、子供のように体温の高い手だった。力を入れると壊れてしまいそうに頼りげがない。

手を握ったまま、静かな時間がゆっくりと流れていく。あかりは目をつむっている。俺も、眠たくなってきた。あかりの手を握ったまま、ベッドに顔を伏せる。少々床が冷たいが、朝までこうしておこうか——。

と、そこで思い出す。家に連絡しないといけないんだった。お祖母《ばあ》ちゃんに「帰る時間が分かり次第また連絡する」と言っていたのを、完全に忘れていた。

「すまん、あかり。ちょっと電話する」

立ち上がり、一度、あかりの手を離す。

「ど、どこに電話するの」

身体を起こし、あかりが焦った様子で言った。

「家に連絡するだけだよ」

「そ、そう……すぐ、戻ってきてね」

「ああ」

部屋を出て、俺は携帯を取り出す。もう二三時だった。お祖母ちゃん、怒っているだろうな、と思いながら自宅に電話をかける。

案の定、怒っていた。俺が「カナエだけど」と名乗るなり、長々と小言を言われた。なかなか話が終わる気配が見えなかったので、一方的に「今日は友達の家に泊まるから家に帰らない」と伝え、俺は電話を切った。

その瞬間、全身からどっと力が抜け、思わず壁にもたれかかった。

——ああ。

氷解した疑問が、雪解け水のように全身の穴という穴から流れていく感じがする。

これで、過去と未来が繋《つな》がった。

おそらく数時間後に彰人《あきと》は急性アルコール中毒で死ぬ。そして俺は明日の朝、帰宅するのだろう。それから夕方になって彰人の遺体を発見し、通報する。

あかりが四月一日の出来事を喋《しゃべ》らなかった理由が、今なら分かる。彰人を助けようとする俺に、『二人で見殺しにした』とは言えなかったのだ。

すべて運命どおり。結局、俺は過去を変えられなかった。

——いや、変えなかった。

不意に、あかりの部屋のドアが少し開いた。隙間《すきま》からあかりが顔を覗《のぞ》かせ、俺と目が合う。

「どうした？」

「遅かったから……ちょっと不安になって」

「ああ、すまん。さっき終わったよ。今日は泊まるって、家に連絡した」

「泊まる……そっか、そうだね」

あかりは噛《か》みしめるように言った。部屋が薄暗いので、表情はよく分からない。

俺たちは部屋に戻り、互いに以前と同じ姿勢を取る。そのとき、急に鼻がむずむずして、俺は「へっくし！」とくしゃみした。自分の身体《からだ》を擦《さす》る。

「寒い？」

「ちょっとだけな。暖房、点《つ》けてもいいか？」

「別にいいけど……それより」

あかりはベッド端に身体を寄せ、半分ほどのスペースを空けた。

「こっち、来る……？」

「えっ、いや、それはさすがに……い、いいのか？」

「うん、いいよ。カナエくんなら……」

ほら、と言って、あかりは空いたスペースをポンポンと叩《たた》く。

断るのも悪い気がして、俺は「それなら……」と言って、おそるおそる空いたスペースに身を滑り込ませた。布団《ふとん》に残ったあかりの体温が、俺を一層緊張させる。

「背中、出てない？　もっとこっちに寄りなよ」

「あ、ああ」

言われるがまま、もそもそと身体を動かして真ん中に寄る。

あかりの顔がすぐ目の前に迫った。まつ毛の一本一本まで視認できる距離。あかりの黒目がちな目が、まっすぐ俺に向けられていた。

「ねえ、カナエくん」

「うん?」

「私ね、高校を卒業したら、カナエくんと一緒の大学に進もうと思ってたの。ずっと、カナエくんのそばにいたかった。こんなふうに、ずっと……」

「……そのために、お金を貯めてたのか?」

「うん……」

あかりは恥ずかしそうに頷《うなず》いた。

「そっか……ごめんな、無理させて。あかりの気持ちに、気がつけなかった」

「ううん、いいの。もう、大丈夫」

あかりは優しく微笑《ほほえ》んだ。

「今日のこと、二人だけの秘密にしようね」

そう言って自分の右手を顔の前まで持ってきて、小指を立てる。

「約束、だよ」

「……ああ」

俺はあかりと指切りげんまんをする。

小指を離すと、あかりは嬉《うれ》しそうに笑って、子猫のように甘えた声を出す。

「カナエくん」

「なんだ？」

「ありがとう」

あかりは、まばたきをする。真珠のような涙が、目じりを伝ってこめかみに流れていくのが見えた。

「もう、どこにも、いかないでね」

あかりは俺のほうに身体《からだ》を寄せる。俺とあかりの距離がほぼゼロになって、あかりは俺の胸に額《ひたい》を当ててきた。

顔のすぐ下にあるあかりの頭を眺めていると、背骨が痺《しび》れるような不思議な衝動に駆られた。俺は右手をゆっくりと動かし、あかりの頭を撫《な》でる。

「ん……」

一瞬、あかりの身体が強張《こわば》るのを感じたが、すぐに俺の手を受け入れた。頭の形を手でたしかめるように、俺は優しく撫で続けた。

やがて、あかりは気持ちよさそうに、すうすうと寝息を立て始めた。

俺は手を止めて、目をつむった。早く眠りにつきたかった。

すべてを忘れて、今のこの、幸せな時間にどっぷり浸っていたかった。

……けど、眠れなかった。

心の中で叫び声が聞こえる。

もう一人の俺が、声高に訴えている。

――本当に、これでよかったのか？

間章（六）

天国と地獄が同時に訪れた日だった。先に来てくれたのが地獄でよかった。

お兄ちゃんに貯金を盗まれたときは、本当にもう、すべてが終わったと思った。目の前が真っ暗になって、生まれて初めて本物の絶望と挫折を味わった。泣くことしかできなかった。

でも、カナエくんが来てくれて、私は救われた。

正直まだ、ロールバックという現象については飲み込めていない。でも、私にとってそれは重要ではない。

重要なのは、カナエくんがお兄ちゃんではなく私を選んでくれたことだ。

ただその一点が、私は何より嬉《うれ》しい。

ありがとう、カナエくん。私のお願いを聞いてくれて。私と約束を結んでくれて。本当に、すごく嬉しい。

頭を撫《な》でられるのなんて、何年ぶりだろう。カナエくんの手、結構大きかったな。気持ちよかった。もうずっと撫でていてほしい。今の時間が、永遠に続いてほしい。

きっと、夢心地って、こういうことをいうんだろう。

本当に、幸せだ。


——ただ。

この幸せが、お兄ちゃんを見殺しにして手に入れた幸せであることを、私はたぶん、忘れられない。

終章

あかりの穏やかな寝息が聞こえる。

俺は、なかなか寝つけなかった。眠れない原因はいくつかある。

慣れないベッド、俺の胸元で眠るあかり、そして何より大きいのは、彰人《あきと》の死。

目をつむると、空き地に横たわる彰人の遺体が、まぶたの裏に浮かび上がる。

ぞっとするほど青白い肌。甲子園のマウンドに立っていた頃の姿は、見る影もない。

あれが、俺を不良から救って勇気を与えてくれた、彰人の最期。

袖島《そでしま》高校の弱小野球部を甲子園に連れていき、その後、肩を壊して荒れた彰人の最期。

あかりの貯金を盗んで、あかりに暴力を振るって、あかりを散々悲しませた、彰人の最期。

俺にはもう、何が正しいのか分からない。

あかりは、後悔していないだろうか。

これから先、後悔しないだろうか。

ロールバックに巻き込まれた俺は、五日先の未来――四月六日、金曜の一八時までの記憶がある。

その間、あかりが後悔しているような節は、あっただろうか。

糸をたぐるように、俺は記憶を遡《さかのぼ》る。

廃集落でお花見をした、幸せだった火曜日。

夜の学校に侵入した、ドキドキした水曜日。

彰人の通夜があった、混乱していた木曜日。

そして、桜の下でロールバックの説明を受けた、金曜日――。

『お兄ちゃんを、救ってほしい』

未来のあかりは、俺にそう言っていた。

それは本心か？　それとも、その場しのぎの嘘《うそ》か？

どちらかは分からない。けど、そのあと、あかりは俺に任せるとも言ってくれた。

ロールバックの直前、『カナエくんに任せる』と、たしかに言った。

あかりは、迷っていたのかもしれない。自分の選択が正しいのか、分からなくなっていたのかもしれない。

だから、俺に任した。

俺の選択に託した。

なら――俺は、自分で選ばなければならないのだろう。

俺はゆっくりと上体を起こす。

視線を下ろすと、あかりは赤ん坊のようにすやすやと眠っていた。

「……ごめん、あかり」

物音を立てないようベッドから下りる。その際、ベッド脇《わき》にある目覚まし時計が目に入った。時刻は一時。

目覚まし時計から視線を外し、俺は忍び足でドアを目指す。

ドアノブに手をかけ、最後に一度、あかりのほうを振り向いてから、俺は部屋を後にした。

玄関で靴を履き、家を出る。

そして彰人《あきと》がいるはずの空き地を目指して、全力で走った。

「ごめん、あかり……ごめん……！」

走りながら何度も謝った。無意味だと分かっていても謝らずにはいられなかった。

——ごめん、あかり。

俺には、やっぱり無理だ。見殺しにはできない。

彰人はたしかに悪い奴《やつ》だった。あかりを悲しませたことは本当に許せない。心の底から憎いと思っている。でも。でもやっぱり、死ぬのはダメだ。彰人のこれからの人生が根こそぎ奪われると分かっていて、何もせずにいることはできない。

最初から、俺が彰人を救うことに迷いがなければ、約束を破らずに済んだのに。本当に、俺はバカだ。何もかも、俺が優柔不断で、不甲斐《ふがい》なくて、度胸がないから、こんな選択をしてしまった。こんな結末を選んでしまった。

本当に、ごめん。

でも……今は、彰人を救わせてくれ。

誰も死なない、完全無欠なハッピーエンドを夢見させてくれ。

空き地に到着した。

草をかき分けて奥へ進み、地面に横たわる彰人を見つける。

「彰人！」

顔色が悪い。命の火が消えかかっているのが分かる。

俺はそばに寄り、呼吸をたしかめた。かなり浅いが、息はしている。

急いで１１９番に通報し、状況をオペレーターに伝えた。これで間もなく島内の消防署から救急隊員が駆けつけてくれるはずだ。あとは待つだけ。

どっと疲労が押し寄せてくる。地面に膝《ひざ》と手をつき、俺は呼吸に集中した。空気が冷たいせいで喉《のど》が痛い。

やっと息が整ってきた頃、俺は何気なく彰人のほうを見た。

微《かす》かに上下していた胸が、動いていない。

彰人の口元に手を当てる。

息が止まっていた。

「嘘《うそ》だろ……！」

俺は彰人の身体《からだ》を揺すった。

「おい！　起きろ！　勝手に死んでんじゃねえよ！」

反応がない。

俺は彰人《あきと》を仰向《あおむ》けに返し、保健体育の授業で習ったのと同じように心臓マッサージをした。正しいやり方なのかどうかも分からないが、とにかく一心に胸を圧迫する。

「お前は、生きてあかりに謝れ！　ちゃんと更生しろ！　ここで死んだら、ぶん殴るぞ！」

罵《ののし》りながら心臓マッサージを続けていたら、軽の救急車が到着した。二人の救急隊員が降りてきて、片方が俺と代わり、もう片方が俺に声をかけてきた。

「付き添いの方ですか？」

違うが、事情を説明するなら付き添いで通したほうがよさそうだ。

「そうです。彰人……彼は、二時間くらい前まで酒を飲んでいました。息が止まったのは、数分前です」

救急隊員は少し考えるような間《ま》を開けたあと、俺を見て頷《うなず》いた。

「分かりました。詳しく話を聞きたいので、同乗をお願いしてもいいですか？」

「はい、大丈夫です」

俺は彰人を乗せた救急車に同乗し、港へ向かった。夜間は島内の診療所が対応できないため、このまま救急車ごと救急艇《きゆうきゆうてい》に乗り込み、海を渡り本土の病院を目指す。袖島《そでしま》から本土までニ〇分、港から病院までまたさらに二〇分近くかかる。

その間、救急隊員による応急処置で、彰人は息を吹き返した。意識までは取り戻さなかったものの、なんとか一命は取り留めた。

本土の病院に到着したあと、彰人は救急救命室に運ばれた。俺は救急隊員に説明した内容を病院の人にも話し、そこで、俺の付き添いとしての役割は終了した。

ロビーのソファに腰掛け、天井を見上げる。

今度こそ、俺は過去を変えた。

彰人の死を、阻止した。

「疲れた……」

まぶたを閉じると、目の奥が痛む。疲労が溜《た》まっているみたいだ。けど、ゆっくりしている暇はない。まだやるべきことが残っている。

あかりに、連絡しないと。

まだ寝ているだろうから、電話ではなくメッセージのほうがいいだろう。

俺はメッセージアプリから『保科《ほしな》あかり』の欄を開く。だが、そこから先になかなか進めなかった。彰人を助けに行った、という事実をどう伝えればいいのか分からず、しばらく指先が宙を撫《な》でた。

書いては消し、書いては消しを繰り返し、一時間、二時間と経過していく。

最終的に「朝になったら会って話そう」という文面でメッセージを送信した。今の想《おも》いを、文字で伝えられる気がしなかった。

朝六時まで、病院の待合室で軽く仮眠を取った。

帰りは救急車も救《きゅう》急《きゅう》艇《てい》も使えない。だからコンビニのＡＴＭから携帯を使ってお金を下ろし、タクシーで港へ向かった。学生には痛い出費だが、港まで歩きだと一時間はかかるのだ。そんなに長い時間、歩く気力は残っていなかった。

港に着き、タクシーから降りる。

ちょうど袖島《そでしま》から本土着の船が到着したところだった。乗船場からぞろぞろと人が流れてくる。人波のなかに、あかりの母親の姿があった。おそらく病院から連絡があって来たのだろう。

あかりの母親は、俺の存在に気づく様子もなく、路肩に停《と》められたタクシーに乗り込んだ。遠目だが、ずいぶん焦っているように見えた。

あかりの母親が最近の彰人《あきと》をどう思っていたのかは知らない。だが、自分の息子《むすこ》が病院に運ばれたと聞けば、親としては平静じゃいられないだろう。

俺は、切符売り場へと足を進めた。

フェリーに乗船し、袖島へと向かう。

船内のシートに座りながら、俺は携帯を見た。

時刻は六時半。

あかりにメッセージを送ってから、未《いま》だに返信はない。まだ眠っているのか、それとも気づいたうえで返信していないのか……。どちらにせよ、袖島に着いたら、そのままあかりの家を訪ねよう。正直、どんな顔をして会えばいいのかも分からないが、約束を破ったからには、ちゃんと向き合わないと。

心の準備を整えているうちに、袖島に着いた。

フェリーから降り、俺は一直線にあかりのアパートへと向かった。早朝の冷たい空気のなか足速に進み、一〇分ちょっとでアパートに着いた。

『保科《ほしな》』の表札がはまったドアを前にする。

覚悟を決め、俺はドアホンを鳴らした。

一分ほど待つと家の中から人の気配がした。そしてゆっくりとドアが開く。

ドアの隙間《すきま》から顔を覗《のぞ》かせたのは、あかりだった。髪はボサボサで、前髪が束になっている。目に光はなく、一晩会っていないだけでもう何年も引きこもっているかのような印象を受けた。

あかりをこんなふうにしたのは、きっと俺だ。そう考えると、強烈な自責の念に駆られた。

「あかり、俺、実は……」

「助けに行ったんだよね」

あかりは投げやりな感じで言った。

「お兄ちゃんが病院に運ばれた、ってお母さんから聞いて、すぐカナエくんだと思ったよ」

「……その、本当にごめん」

「いいよ。謝らなくて。カナエくんは、何も悪いことしてないでしょ？」

「でも、俺はあかりとの約束を破った」

「約束」

ふふ、とあかりは自嘲《じちょう》気味に笑った。

「あれは、私がおかしかったんだよ。私がバカだった。二人でお兄ちゃんを見殺しにしようなんてさ。ちょっと、考えられないよね。もうさ、自分の薄情さが、嫌《いや》になるよ……」

笑《え》みを浮かべたまま、突然、あかりの目から涙が零《こぼ》れた。

「あかり……！」

心配して俺が顔を近づけると、あかりは勢いよくドアを閉じた。ガチャリと音を立てて鍵《かぎ》がかかる。

「……ごめん……今は、一人にして……」

ドア越しでも分かる鼻声だった。

俺はドアに張り付くようにして、あかりに声をかける。

「こんなこと言っても、信じてもらえないかもしれないけど……未来のあかりは——」

彰人《あきと》を見殺しにしたことを後悔していたんだ。

というセリフが喉《のど》まで出かかって、やっぱり飲み込んだ。今のあかりにそれを伝えたところで、なんの励ましにも説得にもならない。そもそも、本当に後悔していたかどうかでさえ、定かでないのだ。

俺が言葉を紡げずにいると、ドアの向こうで啜《すす》り泣《な》くような声が聞こえた。

「お願いだから……もう帰って……」

俺は唇《くちびる》を強く噛《か》む。一枚のドアが、恐ろしく分厚い壁に思えた。

「……分かった。でも、また来る。約束を破った責任は、必ず取るから」

返事はない。

「……それじゃあ、またな」

やむを得ず、俺は帰路についた。

帰宅したら、すぐに熱いシャワーを浴びた。指先まで冷えた身体《からだ》に熱が浸透していく。頭と身体を洗い、身体の芯まで温まったところで、風呂《ふろ》場を出た。

新しい服に着替えて脱衣所を出ると、居間に寝間着姿のエリがいた。ニュースを見ながら、座布団《ざぶとん》に座って食パンを齧《かじ》っている。俺がシャワーを浴びている間に起きて来たようだ。

「おはよう、エリ」

「……ん」

そっけない返事。こちらを見もしない。

この時間のエリは、俺のことをどう思っているのだろう。俺の記憶では、今日、四月二日の一八時の時点で、俺と喧嘩《けんか》したことを気にしているような素振りを見せていた。今現在のエリも、内心ではそのことを引きずっていたりするのだろうか。

以前はエリのほうから話を切り出してきたし、今回は俺のほうから謝っておくか。

「昨日は悪かったな。大人げないことを言ってしまった」

ぱり、とエリは食パンを齧《かじ》る。

咀嚼《そしゃく》して飲み込み、視線をテレビに向けたまま口を開いた。

「別に、いい。私も、ちょっと言いすぎたから」

「そうか」

愛想はないが、謝罪の意思は伝わってきた。

俺は適当な座布団《ざぶとん》に座り、ちゃぶ台に片肘をつく。そして、何気なく話題を振った。

「もし俺が高校辞めて袖島《そでしま》に帰ってくるって言ったらどうする?」

エリの手から食パンが滑り落ちた。食パンはバターを塗っていないほうを下にして皿の上に落ちる。

エリは驚いた顔をして俺のほうを向いた。

「や、辞めるの?」

「今のところ、八割くらいの確率で」

「……それ、私がキツイこと言ったから？」

やけに深刻な表情をするので、俺は笑いそうになった。

「違うから安心しろ」

もっと個人的な理由——あかりとの約束を破った責任を取るためだ。

退院した彰人《あきと》が、またあかりを悲しませる可能性がある以上、俺はあかりのそばを離れるわけにはいかない。だから、高校を辞めて神島に残る。俺の人生を多少犠牲にしても、あかりに元気を取り戻させたい。

「そう……」

エリは不安そうに俺を見つめたまま、質問に答える。

「あの人は怒りそうだけど……お祖母《ばあ》ちゃんは、喜ぶと思う」

「エリは？」

「私は……よく分かんない。けど……代わりに毎日お風呂《ふろ》を洗ってくれるなら、いてくれたほうが助かる、かも」

「俺は風呂洗い係か」

「二年前までそうだったでしょ」

言われてみればたしかに。よくサボってエリに怒られていたっけ。

「ま、悪くはないな。風呂《ふろ》を洗うだけで、家にいさせてもらえるんなら」

「……本当に、高校辞めちゃうの？」

「たぶんな」

「なんかあったの？」

「まぁ、いろいろだよ」

エリに話せることは何もない。

俺は話題を切り上げ、座布団《ざぶとん》から立ち上がる。

自分の部屋へ向かおうとエリに背を向けた、そのとき。

「お、お兄ちゃん！」

驚いて俺は振り返った。

俺が袖島《そでしま》に帰島してからずっと「あんた」だったのに、今、たしかに「お兄ちゃん」と……

エリが俺のことをそう呼んだのは、二年ぶりだ。

「その、悩んでるなら、言いなよ。一人で抱《かか》え込むの、よくないと思うから……」

エリは座ったまま身体《からだ》をこちらに向け、真剣な表情でそう言った。

優しい子だな、と思う。少しだけ心が軽くなった。

「ありがとう。でも、これぱっかりは自分で解決しなきゃいけない問題だから」

悪いな、と詫《わ》びて、俺は今度こそ居間を後にした。

自室のベッドに寝転がる。

昨夜はほとんど眠れなかったが、それほど眠気は感じなかった。一度シャワーを浴びたからか、それとも、あかりのことが気になっているせいか。おそらく、後者だ。

アパートで見たあかりの顔を思い出すだけで、針で刺されたように胸が痛む。自分の選択に、自信を持てなくなる。今だってそうだ。やっぱり彰人《あきと》を救わなければよかったんじゃ、と考えてしまう自分がいる。

後悔がため息となって口から漏《も》れた。

「……こんなんじゃダメだな」

パシン、と自分の頬《ほお》を両手で挟むように叩《たた》き、ネガティブな考えを振り払った。

今さらウジウジと悩むな。

約束を破った事実を受け止めたうえで、あかりを幸せにすればいい。単純なことだ。難しく考える必要はない。

今後は、あかりのために尽くそう。

春の朝は瞬く間に過ぎ去り、正午を越え、昼の四時になった。

俺は死んだようにベッドで横になっていた。

あれからもう一度、あかりの家を訪ねたが、相手にしてもらえなかった。ドア越しに声をかけても「帰って」の一点張りで、そのうち返事すらなくなった。携帯で電話をかけたりメッセージを送ったりもしてみたが、いずれも無視された。

もっと強引な手段であかりに近づくべきなのだろうか。あかりが話を聞いてくれるまで家の前に居座るとか、無理やり家に入るとか。どちらも正解とは思えない。むしろ、余計にあかりを傷つけてしまいそうだ。かといって何もアプローチをかけず、あかりを一人にしておくのも不安で……。

「どうすりゃいいんだ……」

ぽろりと弱音が漏《も》れる。

俺は部屋の時計を見た。時刻は一五時。ロールバックが起こる一八時までには、少しでもあかりとの関係を修復しておきたいところだ。

たぶん、次が最後のロールバックになる。

今日の一八時を越えたら、空白の四日間がすべて埋まる。そしたら元の時間――俺があかりからロールバックの説明を聞いた、四月六日の一八時。そこにタイムリープして、以降は正常に時間が進み始めるはずだ。同じ時間を二度も体験するとは思えないから、俺の予測はたぶん当たる。

もし、そうでなかったら。

「……どうなるんだろう」

時間が正常に戻らない場合。

ぱっと思いつくのは、また二日前に戻る、だろうか。もしそうなったら最悪だ。意識だけが延々と時を遡《さかのぼ》り、俺は一生、一七歳より先に行けないかもしれない。想像すると寒気がする。

……これについては、あまり考えないほうがよさそうだ。どのみち一八時になれば嫌《いや》でも分かることだし、あれこれ悩んでも仕方がない。

だが何が起きるか分からない以上、なおさら、あかりとはちゃんと話をつけたほうがいい。だから……あと一度だけ、あかりの家に行ってみよう。

善は急げだ。俺は勢いをつけ、ベッドから上体を起こす。そのとき、枕のそばに置いていた携帯が短く震えた。メッセージが届いたようだ。

俺は携帯を手に取り、画面を見る。あかりからだった。

メッセージの内容に目を通した瞬間、心臓が跳ね上がった。一瞬で口の中が渇き、全身から嫌な汗が吹き出す。

俺は震える手であかりに電話をかけた。だが、繋《つな》がらなかった。『電波の届かない場所にあるか電源が入っていないためかかりません』とアナウンスが丁寧に伝えてきた。

俺はすぐさまベッドから立ち上がり、自室を出る。転げ落ちるようなスピードで階段を駆け下り、家を飛び出した。

エリの自転車に跨《またが》る。いちいちエリに借りる確認を取っている暇はなかった。俺は全力であかりのアパートを目指す。

嫌《いや》な予感しかしなかった。

あんなメッセージを受け取ったら、もう平静じゃいられない。


『大好きでした。さようなら。』


俺は救いようのないバカ野郎だ。

あかりの懊悩《おうのう》も知らず、のんきに部屋でゴロゴロして……。お前、何様だよ。約束を破った責任を取るとか言いながら、結局、何もできてねえじゃねえか。

「本当に、バカすぎる……！」

ペダルを踏み抜くくらい強く漕ぐ。チェーンがギイギイと悲鳴のような音を上げる。

あかりのアパートに着いた。

自転車を乗り捨て、アパートの階段を駆け上る。あかりの部屋のドアホンを鳴らす。だが返事を待っていられず、ドアノブに手をかけた。鍵《かぎ》は開いていた。

「お邪魔します！」

廊下に上がり、すぐ左手にあるあかりの部屋に入った。

中には誰もいなかった。ただ昨夜に比べて、部屋の中がずいぶん綺麗《きれい》に片付いているのが気になった。机の上に積まれていた参考書は、本棚に収納されている。

「これは……」

机の上に一枚の便箋《びんせん》を見つけた。

俺はそれを手に取り、広げる。便箋には、手書きであかりの母親に対する感謝の言葉が綴《つづ》られていた。文末には『ごめんなさい』とある。

こんなのもう、確定じゃないか。

「ダメだ……！」

便箋を机の上に置き、あかりの名を呼びながら家中を捜し回る。居間、台所、浴室、ベランダ。しかしどこにもあかりの姿はなかった。この家にはいない。

俺は意図的に避けていた言葉と向き合った。

自殺——もし、あかりが自殺するとしたら、どこだ？

人が死ぬ場所、死ねる場所。入水《じゅすい》を狙うなら海、飛び降りなら高所、列車への飛び込みなら駅のホーム、首を吊《つ》るなら……どこでもできる。クソ。見当もつかない。島内にいるかさえも分からない。

先に通報したほうがいいのか？　でもなんて伝えればいい。友人が自殺するかもしれません、とか？　それで取り合ってくれるのか？

分からないが、とにかく通報してみよう。

ポケットから携帯を取り出して操作する。その間にも頭はフル回転していて、ヒントを探していた。あかりと過ごした記憶が脳内で錯綜《さくそう》する。

不意に、何かが閃《ひらめ》いた。

まるで泥に埋まる砂金のような何か。無視してはいけない、と直感が告げている。携帯を操作する手を止め、目を閉じ、思考に全神経を集中させる。

記憶の底を浚《さら》い——あかりの声が、脳内で再生された。

『ここ、私が袖島《そでしま》で一番好きな場所なの』

目を開く。

もしかして、あそこか？　一応、死ねるだけの条件は揃《そろ》っている。

迷っている暇はない。俺はすぐさま駆けだした。

あかりのアパートから出て自転車を起こし、俺は袖島高校へと向かった。

「はぁっ……はぁっ……」

必死に自転車を漕ぐ。汗がこめかみを伝って、顎《あご》から滴り落ちた。

学校へ続く上り坂に差し掛かり、俺は一層強くペダルを踏み込んだ。その瞬間、バギン、という音とともにペダルが空転し、俺はバランスを崩してアスファルトに身体《からだ》を打ち付けた。

「いってぇ……」

痛みに耐えながら倒れた自転車に目をやる。チェーンが切れていた。

クソ、走るしかない。自転車をその場に捨て、俺は坂を駆け上った。

喉《のど》が張り裂けそうに痛み、心臓はうるさいくらいに激しく鼓動している。だが俺には休む時間も資格もない。あかりの自殺を止められるなら、身体が壊れても構わなかった。

やがて袖島高校にたどりつく。校門は開いていたが、グラウンドに人影はなかった。屋上に人は……ここからでは分からない。

グラウンドを突っ切り、昇降口から校舎内に侵入する。学校関係者に見つかれば一発アウト。だがもう、なりふり構っていられない。

頼むからいてくれ、と祈りながら階段を駆け上り、屋上の踊り場まで来た。

扉の南京錠は、解錠されて床に落ちている。そばには二本の針金があった。

予感が確信に変わる。ここだ。間違いない。

俺は勢いよく屋上へ続く扉を開けた。強烈な西日が目に差し込み、強風に身体が煽《あお》られる。

目を細める。すると、屋上の柵《さく》の向こう側に、人影を見つけた。

風にはためくスカート。袖島高校の制服を着ている。

あかりだった。

ギリギリ間に合った。だが、後ろ手に柵を握り、今にも飛び降りそうな雰囲気だ。安心するにはまだ早い。

下手《へた》に刺激しないよう、俺は穏やかな声を作り、名前を呼ぶ。

「あかり」

あかりは驚いたふうにこちらを振り返った。

「か、カナエくん？　どうしてここに……」

息を整えてから、俺は言った。

「未来のあかりが、教えてくれたんだよ」

「嘘《うそ》」

「本当だ。ここ、袖島《そでしま》で一番好きな場所なんだろ？　わざわざ夜に案内してくれたぞ」

「……それ、いつの話？」

「えっと……四日の夜だから、時間的には明後日《あさって》の話になるのか」

途端にあかりは、悲しそうに眉《まゆ》を寄せた。

「そういう未来も、あったんだね」

胸に刺さる一言だった。

俺はごくりと唾《つば》を飲む。

「あかり、死ぬ気なのか」

「うん」

「……俺が、約束を破ったからか？」

あかりは肯定も否定もせず、薄く微笑《ほほえ》んだ。

「もう、嫌《いや》になっちゃったんだ」

緩《ゆる》やかな声音《こわね》で続ける。

「私ね、カナエくんと同じ大学に行くために、すごく頑張ってきたの。毎日毎日、身体《からだ》がボロボロになるくらい頑張ったの。倒れそうなくらい眠たくても勉強して、吐いちゃうくらいしんどくても部活して、泣くくらい怒られてもバイトして……地獄みたいな毎日だった。ただでさえ辛いのに、お兄ちゃんはずっと嫌がらせしてきて、ちょっと反抗したら、押されて腰の骨にヒビ入れられちゃうしさ。コツコツ貯めてた貯金を盗まれたときは、もう立ち直れないかと思った」

それでも、と言ってあかりは続ける。

「まだ、死のうとは思わなかった。カナエくんが来てくれたから。助けて、って言ったらすぐに駆けつけてきてくれたから。それに……私のお願いを、聞いてくれたから」

あかりの痛みが声を通して伝わってくる。

俺は、何も言えなかった。ただ拳《こぶし》を強く握りしめることしかできなかった。

「結局、カナエくんは約束を破って、お兄ちゃんを救うことを選んだ」

「――たしかに、そのとおりだ」

慎重に言葉を選んで続けた。

「俺はあかりとの約束を破って彰人《あきと》を救った。でも……だからって、あかりを見放したわけじゃない。あかりのことを嫌いになったわけじゃない。むしろ俺は――」

「私が何より辛かったのはね」

俺のセリフを遮《さえぎ》るように……いや、最初から聞いていなかったように、あかりは普段と変わらない調子で切り出した。

「お金を盗まれたことでも、カナエくんに約束を破られたことでもないんだよ」

「だったら、どうして……」

俺の問いかけに、あかりは何かを我慢するように俯《うつむ》いた。

「気づいちゃったの。私が、自分のためなら血の繋《つな》がった兄を平気で見殺しにして、そのあと、好きな男の子とイチャイチャしたがるような、最低な人間だってことに」

「違う……！」

「違わないよ」

その声は震えていた。

「カナエくんは、悪くないんだよ。カナエくんは正常なの。おかしいのは私。だから……私は、死ぬべきなんだよ」

あかりは顔を上げる。その表情は、悲しみの色に染まっていた。

「あかり……！」

俺があかりのもとへ駆け寄ろうとしたら。

「来ないで！」

切り裂くような声に、動きを止められた。

「ねえ、カナエくん。最後に教えて。カナエくんは、どうして約束を破ったの？」

返答を誤れば、あかりは死ぬ。

直感的にそう確信し、こめかみに冷たい汗が流れた。

乾いた舌を唾液《だえき》で湿らせ、俺は言葉を紡ぐ。

「……未来のあかりに、頼まれたからだ。彰人を救ってくれ、って。もし、あかりが彰人を見殺しにしてなんの後悔もしていなかったら、そんなことは頼まないだろうし、彰人の死亡推定時刻とか、亡くなった場所とか、俺に教えなかったはずだ。……たしかに、俺も一度は見殺しにしようとした。でも、未来の、これからのことを考えたら、やっぱり彰人を救うべきだって、そう考え直したんだ」

あかりは黙って俺の話を聞いている。

「さっき、あかりは自分のことを最低だって言ったよな。繰り返すけど、それは違う。あかりは優しいよ。本当に、優しい。だからこそ、見殺しにしたら必ず後悔する。将来……誰かと結婚したり、子供が生まれたりして、どれだけ幸せな時間を過ごしていても……人間一人を見殺しにしたって事実に、きっと苛《さいな》まれることになる。それはダメだ。お金や信頼はどうにかなっても、人の命は、取り返しがつかない。あかりに……汚れてほしくなかったんだ」

あかりは顔を歪《ゆが》めた。

「未来とか、将来とか、いつの話をしてるの？　つまんない大人みたいなことばっかり言って……私が死んだら後味が悪いから、飛び降りるのを諦《あきら》めさせるような憶測を並べてるだけなんでしょ？」

「憶測じゃない」

「じゃあ、私が後悔するっていう証拠を出してみせてよ」

言葉に詰まった。証拠なんて、ない。

あかりは失望したような冷たい表情を浮かべた。

「ほらね。結局、綺麗事《きれいごと》なんだ。カナエくんだって、自分が言ってることが正しいのかどうか分かってないんでしょ」

あかりの言うとおりだった。

俺はもう、何が正しいのか分からずにいる。

昨夜からずっとだ。

ずっと、迷っている。

彰人《あきと》を助けてよかったのか？　俺の行動はあかりのためになったのか？　いたずらにあかりを傷つけただけなんじゃないのか？　未来のあかりは本当に後悔していたか？　俺がただ自分

の手を汚したくなかったから、彰人を救っただけなんじゃないのか？

一度考えだすと、後悔に飲まれて何も見えなくなる。

ただ。

それでも、自分が選んだ道だ。

途中で足を止めることは、許されない。

「たしかに、分からないことばかりだよ……でも、あかりは死ぬべきじゃない、ってことは、言い切れる。あかりが自殺を諦めてくれるなら、俺はなんだってするよ。高校を辞めて袖島《そでしま》に残るし、彰人に盗られた金も俺がなんとかする。あかりを絶対に悲しませないよう全力を尽くす。だから、死ぬのだけはやめてほしい」

「もういいよ。どうせ口だけのくせに」

ひどく冷たい口調だった。取り付く島もない。

あかりの意思は固い。それほど絶望も深かったのだ。

もう、俺が何を言っても無駄なのだろうか。

あかりは屋上から飛び降り、死に至る速度で地面に激突する。それを見届けるのが、約束を破った俺への罰。

……そんなこと、あってたまるか。

まだ諦めない。

俺の全部を懸けてあかりを救う。そう決めたんだ。

だから、これは最後の手段だ。

俺はゆっくりとあかりに歩み寄った。

「来ないで！　それ以上近づいたら……」

「あかりが飛んだら、俺もすぐに後を追う」

「はあ!?」

柵《さく》を乗り越え、あかりの右隣に並ぶ。あかりは、「少しでも下手《へた》な動きをしたらすぐ飛び降りる」と目で伝えている。警戒しているが、俺から距離を取るような真似《まね》はしなかった。

俺はあかりと同じように、身体《からだ》を屋上の外側に向ける。

一歩先は空だ。足の爪先《つまさき》が少し外にはみ出している。

下を見ると、当たり前のように高かった。本能的な恐怖感が全身を駆け巡《めぐ》り、鼓動が速くなる。後ろ手で掴《つか》んだ柵が、すぐに汗でぬめった。

「よくよく、考えてみたら」

視線を上げ、朱色に染まる西の空を眺めながら、俺は言葉を紡ぐ。

「元はと言えば、俺のせいなんだよな。俺がロールバックやら彰人《あきと》の死やらの説明をあかりにしなければ、今みたいに悩まずに済んだ。俺が何も言わずに彰人を救うか、もしくは……彰人を見殺しにしておけば、すべては綺麗《きれい》に収まる話だった」

「……何が言いたいの？」

「責任を取りたいんだ。俺が優柔不断なせいであかりを傷つけた、その責任を。でも、あかりが死んだらそれも不可能になる」

「だから、カナエくんも死ぬの？」

「そうだ」

強い風が吹いた。前髪が持ち上がり、潮の匂《にお》いが鼻をつく。身体が少しだけぐらつき、柵を握る手に力が入った。

「……バカじゃないの」

あかりに罵倒《ばとう》されたのは、これが初めてかもしれない。

「自覚はある。特に、ここ最近はずっと自己嫌悪だ」

「脅してるつもり？　言っとくけど、私、本気で飛ぶつもりだからね。カナエくんが死ぬとか、関係なしに」

「ああ。これであかりを止められないなら、俺も諦《あきら》めて飛び降りる」

「自分を人質にすれば私が自殺をやめるとでも思ってるの？」

「さあな。でも、こうするしか思いつかないんだ。俺、バカだからさ」

あかりは俺を睨《にら》んだ。

「……そんなこと言って、本当は死ぬ覚悟なんてないんでしょ？」

「あるよ」

「嘘《うそ》。膝《ひざ》が震えてるよ」

嫌《いや》なところを指摘された。たしかに、さっきから膝の震えが止まらない。

「これは……自転車漕いで、疲れてるだけだ」

「声も、震えてる」

「寒いんだよ。風が冷たくてな」

「こめかみに冷や汗かいてる」

「暑くてかいてるんだよ」

「寒いんじゃなかったの？」

「……ああ、もう！」

俺は高らかに言い放つ。

「そうだよ！　めちゃくちゃビビッてるよ！」

俺は認めた。

もし飛び降りたら、ほぼ間違いなく死ぬ。たぶん痛みを感じる暇もなく死ぬ。地面に激突して頭蓋骨《ずがいこつ》が砕けた自分を想像すると吐き気がするし、死んだあとどうなるかを考えると泣きそうになる。

死ぬのは、怖い。

「……けど、俺にはもっと怖いことがあるんだ」

　俺は後ろ手に掴《つか》んだ柵《さく》を握り直す。

「一番怖いのは……あかりが死ぬことだよ。それが、自分が死ぬよりも何倍も怖いんだ。あかりが死んだ世界で生きていくのは、きっと耐えられないほど辛い」

　俺は軽く自嘲《じちょう》してから、続けた。

「あかりには言ってなかったけど、俺、東京から家出して袖島《そでしま》に戻ってきたんだよ。俺が春期講習をサボってるのが親父《おやじ》にバレて、説教されてな。そのとき『お前を東京に連れ戻したのは間違いだった』って親父に言われて、家を飛び出したんだ。あかりの絶望とは比べものにならないほど薄っぺらな悩みだよ。でも俺は、こんな些細《ささい》なことでも逃げ出すような、打たれ弱い人間なんだ。だから……正直、あかりが死んだら、責任とか抜きにしても、俺はこの世界から逃げ出すよ。それはもう、確実にな」

「……何が言いたいの？」

「俺も本気だってことだよ。あかりが死んだら、俺も絶対に死ぬ」

　でまかせではない。少なくとも、現時点の俺にとってそれはもう間違いないことだった。自分の打たれ弱さにはちょっとした自信がある。

　でも……あかりには、どれだけ痛くても、苦しくても、真剣に向き合っていたい。

「……そんなに私に死んでほしくないなら、力ずくで止めたらいいでしょ」

「そしたら、あかりは死ぬのを諦《あきら》めてくれるのか？」

「いいや。ここで死に損なっても、次はカナエくんの見てないところで死ぬよ」

「……そうか」

あかりの意思は変わらなかった。

なら、どうすればいい。

どうすれば、あかりに生きたいと思わせることができる？

俺は脳みそをふり絞って考える。しかし何も思い浮かばなかった。完全に手詰まりだった。

考えるうちに、死を肯定する方向に思考が働いた。

仮にあかりが死ぬのを諦めても、それで救われるとは限らない。この先だっていろいろあるだろう。この世界には、楽しいことよりも悲しいことのほうがたくさん存在しているし、善意よりも悪意のほうが力を持つ。中学時代、俺がいじめられっ子を庇《かば》ったことで他のクラスメイトから嫌《いや》がらせを受けたように、正しさが中傷の的になることもある。

理不尽ばかりだ。それは、俺よりもあかりのほうが深く理解しているはず。

途端に、身体《からだ》から生きる気力が抜けていくのを感じた。

俺はあかりに確認する。

「本当に、飛ぶんだな」

「うん、飛ぶよ」

落ち着いた顔で、あかりは即答した。

「……分かった」

俺はそっとあかりの右手を握った。

「ちょ……」

「止めるわけじゃない。あかりが飛んだら、俺も飛べるようにだ」

あかりの手は手汗で冷たくなっていた。

「何度も言うけど、私、本気だよ」

「ああ、分かってる」

「カナエくんは……後悔はない？」

「まぁ、ないと言ったら嘘《うそ》になるが……」

俺は少し考えて、言った。

「あかりと死ねるなら、もう、それでいいよ」

「……そう」

あかりは俺の手を握り返してきた。細くて冷たい指を、俺の指に絡ませる。

「私も……カナエくんとなら、一緒に死んでもいい」

俺は何も言わず、頷《うなず》いた。

するとあかりも、覚悟を決めたように、頷き返した。

「じゃあ、飛ぶね」

「ああ」

俺は肺の空気をゆっくりと吐き出す。

強く吹く風が、全身を洗ってくれるようで気持ちいい。鼻から息を吸うと、ほのかに潮と梅の香りがした。

死ぬのは今でも怖い。けど、気分は落ち着いていた。たぶん、あかりが手を握ってくれているからだ。あかりと二人なら、どんな恐怖にも立ち向かえる気がした。できることなら、この勇気を自殺以外で活《い》かしたかったが……まぁ、もういい。

これで全部、終わりだ。

未来のことを考えなくていいのは、なかなか、気楽なものだった。

俺は、ゆっくりと目を閉じる。


――そのまましばらく待ったが、何も起こらなかった。依然、俺の左手には、あかりの小さな手が収まっている。

俺は目を開き、隣を見た。

あかりは項垂《うなだ》れて、肩を小刻みに震わせていた。

「あかり……？」

返事の代わりに、嗚咽《おえつ》が聞こえた。泣いているようだった。

「ずるい……」

あかりは泣きながら呟《つぶや》いた。

「本当に、カナエくんはずるい……無理だよ……そんなことされたら、死ねない……」

途端に、俺はへたり込みそうになった。

あかりの口から出てきた「死ねない」という言葉が、安堵《あんど》となって全身に広がる。すると緊張がほつれるように消えていき、身体《からだ》から力が抜けた。

よかった。あかりが、死なないでくれて。本当に、よかった。

「……とりあえず、柵《さく》の内側に戻ろう」

俺が言うと、あかりは大人しく従ってくれた。嗚咽を漏《も》らしながら、柵を跨《また》ぐ。

あかりが向こう側に両足をついたのを見て、俺は柵の内側に身体を向けた。

そのとき。

突風に、身体を前から押された。

「あ」

手汗で濡《ぬ》れた両手が、宙を掴《つか》む。

身体が後ろに傾き、内臓がふわっとするような感覚を覚えた。

――落ちる。

すべてがスローモーションに感じる。遠ざかる柵《さく》、視界に広がっていく空、風の音。身体《からだ》が傾くにつれ、死の実感が色濃くなる。だが不思議と恐怖は感じなかった。元々死ぬほどの覚悟をしていたからか、あかりの自殺を止めるという目的を果たせたからか。

どちらにせよ、これで死んでも仕方ないかな、と思えた。

やるべきことはやった。あとはもう、好きにしてくれ——なんて。

諦《あきら》めかけた、そのとき。

「カナエくん！」

俺の手を、あかりが掴《つか》んだ。

浮遊感が消え、右腕を強く引っ張られる。強い力だった。昨夜、居酒屋へ向かおうとする俺を引き止めたときよりも、ずっと——。

そのまま柵の内側に引きずり込まれる。俺はあかりを押し倒すような形で、屋上に倒れた。

あかりの顔がすぐ目の前に迫る。

見開かれた双眸《そうぼう》に映る自分の顔を見て、ようやく、死の恐怖が訪れた。

あかりが手を取ってくれなかったら、今頃——想像すると、ひどい寒気がした。足腰に力が入らず、立ち上がれない。

「た、助かった、あかり。ありが——」

お礼を言おうとしたら、突然、倒れた体勢のまま、あかりに抱き寄せられた。身体が密着し、あかりの鼓動が胸に伝わる。

「よかった……落ちないで……」

嗚咽《おえつ》混じりの声に、耳が熱くなった。

俺は屋上から落ちずに済んで、あかりも、生きてここにいる。ただそれだけのことが、どうしようもなく嬉《うれ》しくなった。

「ねえ、カナエくん……」

耳元であかりがささやく。

「本当に……もう二度と、私との約束、破らない？」

「ああ。絶対に破らない。誓ってもいい」

「じゃあ……一つ。一つだけでいい。この約束だけは、守ってほしい」

あかりが身体を離す。

互いに上体を起こし、俺たちは座ったまま向き合った。

あかりは潤んだ目で俺を見つめ、震える唇《くちびる》をゆっくりと動かす。

「私を、幸せにしてください」

「当たり前だろ」

俺はあかりを力いっぱい抱きしめた。するとあかりも、強く抱き返してきた。

抱き合ったまま、グリーンスリーブスのチャイムが島に流れ始めた。もう一八時だ。

俺はロールバックに備える——が、いつまで経《た》っても、何も起こらなかった。

時間は正常に時を刻み続けていた。

俺は、今を生きていた。あかりと同じ時間を、歩んでいた。


袖島《そでしま》高校であかりの自殺を止めた翌日。

四月三日。

からりと晴れた昼下がり、俺は袖島港へと向かっていた。

春先の陽光はポカポカとして心地がいい。日陰に潜む冬の気配も、いずれ完全に姿を消すだろう。

人生二度目となる一七歳の四月三日を、俺は穏やかな気持ちで過ごしていた。

昨日の一八時に何も起こらなかった時点で、ロールバックはすでに終わったものと俺は考えている。メカニズムも、何がトリガーで起こったのかも分からない謎《なぞ》ばかりの現象だったが、一八時に発現するという規則性は守られていた。それが破られた今、ロールバックは終了したと考えるのが自然だろう。

もちろん、今後何も起こらないとは言い切れない。でも、いつ訪れるか分からない異常現象

にビクビクして過ごすよりかは、起こったら起こったでそのとき考えよう、のスタンスでいる

ほうが、たぶん健全だ。防ぐ手立ても思い浮かばないし。

そんなことを考えているうちに、神島港に着いた。

俺は切符売り場に入る。すると、ベンチに座るニット姿のあかりを見つけた。

「ずいぶん早いな」

俺が近くに寄って声をかけると、あかりはこちらを振り向いた。

「なんだか落ち着かなくって……」

あかりはもじもじとへその辺りで手を遊ばせる。

昨日の屋上で見た危うさは感じられない。だが、まだ少し表情に暗さが残っていた。

「無理すんなよ。辛くなったらすぐ帰ろう」

「大丈夫、カナエくんがいてくれるし……それに、いつかは絶対にお兄ちゃんと顔を合わせなきゃいけないから」

緊張か恐怖心か、もしくは両方によるものか、あかりの声は少し強張《こわば》っていた。

俺たちは今から、彰人《あきと》が入院している本土の病院へ向かう。あかりの提案だった。「やっぱり、生きていく以上は無視できないから」と、今朝、電話で告げてきたのだ。あかりの言い分はもっともなので、俺が付き添う形で同意した。

本音をいえば、非道な行いをした彰人と、その被害者であるあかりを会わせることには抵抗

がある。だが、兄妹《きょうだい》である以上、ずっと関わらないでいるのはたぶん不可能だ。少なくとも、あかりが袖島《そでしま》高校を卒業するまでは。だから、どこかでけじめをつけなければならない。

「安心しろよ。もし彰人《あきと》があかりにひどいことをしようとしたら、すぐ止めるから」

「うん……ありがとう」

あかりは頰《ほお》を緩《ゆる》ませた。

俺は売場内の時計に目をやる。船が出る時間が近づいていたので、切符を買うため窓口に並んだ。

切符を購入し、あかりのもとへ戻る。ちょうど船が来たので、俺たちは本土行きの船に乗り込んだ。


船からバスに乗り継ぎ、彰人が入院する病院までやって来た。

受付で彰人がいる部屋番号を聞き、俺たちはその部屋を目指す。階段を上り、廊下の突き当たりを曲がったところで、目的の部屋にたどり着いた。

ドアの前で立ち止まり、俺はあかりの様子を横目で窺《うかが》う。

あまり顔色がよくなかった。下唇《したくちびる》を嚙《か》み、手は小刻みに震えている。

俺の視線に気づいたあかりは、こちらを向いて、無理に口角を上げた。

「あはは……やっぱり、ちょっと緊張するね」

「行けそうか？」

「ここまで来たら、引き返せないよ」

「……そっか」

俺はあかりの手を強く握った。一瞬、驚いたように手が震えたが、あかりはすぐに握り返してきた。

あかりは一度深呼吸してから、軽くノックをしてドアを開ける。大部屋だから、返事を待つ必要はないと判断したのだろう。

彰人のベッドは右手の窓際だ。俺たちは手を繋《つな》いだまま部屋の奥へと進み、ベッドを仕切るカーテンの前で足を止めた。

「お兄ちゃん、入るよ」

返事はない。だが、人の気配はしている。あかりはカーテンを開け、仕切りの中に入った。俺も後に続く。

彰人はベッドにいた。やはり起きていた。腕には点滴の管が繋がっている。

「勝手に入ってくんなよ」

彰人はあかりを睨《にら》む。だが俺の存在に気づくと、少し驚いたように目を見開いた。

「お前……船見《ふなみ》か」

「はい」

「おふくろから聞いた。通報したの、お前なんだってな。おかげで助かった」

「いえ……。俺のことは別にいいんです。それより」

俺はあかりに目配せする。するとあかりは、一呼吸置いてから、口を開いた。

「お兄ちゃんに言いたいことがあるの」

「……なんだよ」

急にドスの利いた声になった。

「一昨日《おととい》の……いや、今までの嫌《いや》がらせ、全部。深夜に騒いだり、人を使いっぱしりにしたり、人のお金を盗《と》ったり……そういうこと、もう二度としないでほしい」

彰人《あきと》は不愉快そうな顔をした。それでもあかりは続ける。

「今までお兄ちゃんにされたこと、全部、カナエくんに話したから」

「……ふうん。お前ら、デキてたのか。道理で手なんか繋《つな》いでるわけだ。病院で盛るなよ」

彰人は茶化すように鼻で笑った。

俺の中でかろうじて形を留めていた、投手として活躍していた頃の彰人のイメージが、完全に崩れ去った。

あかりに対してどれだけひどいことをしたか、彰人は忘れたわけではないだろう。なのに、悪びれるどころか平気でたわ言を吐くその態度に、俺は激情を抑えきれなくなる。

俺はあかりの手を離し、彰人のすぐそばに移動した。そして彰人を見下ろす。

「本当に落ちぶれたな」

「あ？」

彰人は顔に怒りを滲《にじ》ませる。

「落ちぶれたって言ったんだよ。あかりを散々傷つけておいて、謝罪の一つもできないのか？　肩を壊して野球ができなくなったからって、何をしても許されると思うなよ」

「なんだと……」

「いいか、よく聞け。もし、今度あかりにひどいことをしたらただじゃおかない。次は絶対に許さない。すぐお前のもとに駆けつけて、手頃な石でぶん殴ってやる」

「てめえ……舐《な》めてんのか」

彰人は目の色を変えて俺に掴《つか》みかかってくる。だが、急性アルコール中毒の影響か、それとも野球から離れていたせいか、彰人の力は弱く、簡単に振り払うことができた。どころか、彰人はバランスを崩してベッドから転げ落ちる。

「ぐ……」

彰人はうめきながら床にうずくまる。点滴の管が外れ、腕に血が滲んでいた。

今ここで痛めつけるつもりはない。俺は手を差し伸べた。だが、彰人は俺の手を振り払う。

「触るな」

彰人はうずくまったまま、ひっかくように床に爪《つめ》を立てた。

「どいつもこいつも俺のこと見下しやがって……野球ができなくなった途端にこれだ。クソ、本当に、クソすぎる。なんなんだよ……クソ……」

彰人《あきと》は頭を上げ、恨めしげに俺を見た。憎悪に満ちた表情なのに、どこか憐《あわ》れみを感じさせた。

「お前に分かるか？　人生捧げるくらい大切なものが、奪われたときの気持ちが」

「……分かんねえよ。でも、野球がすべてってわけじゃねえだろ。全員が全員、お前を野球だけで評価してると思うな」

もう一度、俺は手を差し伸べたが、彰人は無視して自力で立とうとする。

そのとき、背後から「入るよ」と声がした。聞き覚えのある女性の声だ。

声の主は、返事を待たずにカーテンを開けた。

「ごめん、ちょっと遅れた――って」

やはり速瀬《はやせ》さんだった。右手に缶コーヒーを二つ抱《かか》えている。どうやら俺たちより先に来ていたらしい。

「ちょっと彰人！　大丈夫？　ベッドから落ちたの？」

速瀬さんはベッドの上に缶コーヒーを置くと、慌てた様子で彰人の腕を自分の肩に回した。

「おい、やめろ」

「病み上がりなんでしょ。いいから」

　速瀬さんは彰人をベッドに座らせようとしながら、俺とあかりのほうを向く。

「あかりちゃん、来てたんだね。それに……そちらの君は？」

　俺は面食らう。まるで初対面のような……と疑問に思いかけ、実際この時間の速瀬さんとは初対面なのだと気づく。

　俺が自己紹介しようとしたタイミングで、速瀬さんは短い悲鳴を上げた。

「うわ！　彰人、腕から血が出てる。大変、看護師さん呼ばなきゃ」

「別にこれくらい大したことじゃ……」

「いやいや、看《み》てもらわなきゃまずいでしょ」

　速瀬さんは彰人をベッドに座らせ、枕のそばにあるナースコールを鳴らした。そして咎《とが》めるような目で彰人を見る。

「彰人さ、昔から変なところで意地張りすぎなんだよ。そんなんだから、みんなから距離置かれるんだって」

「別に、どうでもいいだろ」

「よくない。もっと人に相談しなって。じゃないと自分が苦しくなるだけだよ。どうせ倒れた日もやけ酒してたんでしょ？　今回は誰かが通報してくれたからよかったものの、もし誰も近くを通りかからなかったら……」

　途端に、速瀬さんの目に涙が滲《にじ》んだ。

彰人《あきと》は心なし狼狽《ろうばい》した様子を見せる。

「別に……なんとかなっただろ」

「なってない！」

声を大にして否定する速瀬《はやせ》さん。

彰人はたじろぐ。しばらく居心地が悪そうに目を泳がせていたが、やがて諦《あきら》めたように髪をぐしゃぐしゃとかいて。

「……悪かったよ」

聞き取れるギリギリの小さな声で、謝罪した。

ベッドを中心に沈黙が落ちる。しかしそれもつかの間で、ナースコールで呼ばれた看護師さんがベッドの前にやって来て、彰人に事情を尋ね始めた。返事を渋る彰人に、「ちゃんと説明しなって」と速瀬さんが怒る。

彰人と速瀬さんのやり取りを眺めていると、あかりが俺の脇《わき》を軽くつついた。

「カナエくん、そろそろ帰ろう」

「……だな」

あとは速瀬さんに任せよう。

俺は彰人と速瀬さんに短く別れの挨拶《あいさつ》を告げ、あかりと二人で病室を去った。

袖島《そでしま》港に向かう船は空いていた。昼頃の中途半端な時間帯のため、乗客は数えるくらいしかいない。

俺とあかりは、真ん中辺りのシートに並んで座っていた。

「ありがとう、カナエくん」

なんの脈絡もなく、あかりがお礼を言った。

「何がだ？」

「病院、一緒に来てくれて。あと……お兄ちゃんに怒ってくれて」

「ああ……別に、気にすんなよ。彰人からあかりに謝らせること、できなかったし……」

けじめをつける、というのが当初の目標だったが、それも達成できたか怪しいところだ。

「それでも、嬉《うれ》しかった。一人じゃ絶対に無理だったから」

あかりは口の端を軽く上げる。ささやかな笑《え》みだが、あかりが笑うと俺も嬉しくなった。

「ま、気軽に声かけてくれよ。これからはずっと袖島にいるからさ」

「え？」

あかりはキョトンとした顔をする。

「カナエくん、東京に戻らないの？」

「ああ。高校辞めて袖島に残る……って屋上で言わなかったっけ」

あかりは驚いたように目を丸くした。

「あれ、本気だったんだ……」

「当たり前だ。あの状況で嘘《うそ》つくかよ」

「退学の手続きはしたの？」

「いや、それはまだ。今日にでも電話で済ませようかなって思ってる」

おそらく、すんなり話が通ることはない。親父《おやじ》はもちろん、教師からも止められるだろう。

だが自主退学を押し通す覚悟は決まっていた。

「別に、辞めなくていいよ」

「えっ」

俺は虚を突かれた。まさかあかりに止められるとは。

「だって、辞めたらいろいろ大変でしょ。退学したらどうするつもりだったの？」

「えっと……袖島《そでしま》高校に編入する、とか？」

「高校を卒業したら？」

「それは考えてないけど……」

「せっかくエスカレーター式で大学に行けるのに、辞めるなんてもったいないよ。カナエくんの気持ちは嬉《うれ》しいけど、なんだか申し訳なくなっちゃう」

「う」

たしかに、考えてみれば高校まで辞めるのは重いかもしれない。俺はともかく、あかりが気を使ってしまう。だが、屋上であれだけの啖呵《たんか》を切って俺だけ東京に戻るのは、後ろめたさがあった。

どうしようかな……と悩んでいたら、あかりは優しく微笑《ほほえ》んだ。

「私、高校卒業したら上京するから、カナエくんは東京で待っててよ」

「いや、でもなぁ……」

「大丈夫。もし嫌《いや》なことがあったら、そのときはちゃんと連絡するからさ」

そう言って、あかりは子供を落ち着かせるみたいに俺の手を優しく握った。

むしろこっちが気を使われているのでは、と考えると情けなくなる。だがあかりの言うとおり、少々無計画に過ぎるかもしれない。

高校卒業まであと一年。あと一年耐えれば、また二人でいられる。

そう考えて、俺はあかりの手を強く握り返した。

「分かった。でも、嫌なことがなくても連絡していいんだからな。俺も、好きなときに連絡するから」

「うん」

「あと、無理はするなよ。自力で上京するのが難しかったら、俺があかりを東京に連れていくから」

「うん……」

あかりは嬉《うれ》しそうに頷《うなず》いた。

プロポーズみたいなことを言っている自覚はある。でも、恥ずかしさはない。誇張でもなんでもなく俺は実際そうするつもりだし、このセリフを口にするのは二度目だからだ。

「じゃあ、上京に向けてまた頑張ってお金貯めないとな……」

あかりはそう呟《つぶや》いた。

「別にお金のことは心配しなくていいぞ」

「いや、さすがにお金は借りられないよ」

「俺が貸すんじゃない。これからあかりが手に入れるんだ」

「どういうこと？」

不思議そうに首を傾げるあかりに、俺はなんでもないふうに言った。

「宝くじに興味はあるか？」


――それから、一年が経《た》った。


トタトタと足音が聞こえて、俺は穏やかな眠りから目を覚ます。

白い天井が視界に飛び込んだ。袖島《そでしま》のお祖母《ばあ》ちゃんの家でも、親父《おやじ》のマンションでもない。

東京の、俺たちの部屋だった。

ベッドから身体《からだ》を起こし、寝室からリビングに向かう。すると、キッチンでカーディガンを羽織った後ろ姿を見つけた。

肩甲骨辺りまで伸びた明るい栗色の髪に、華奢《きゃしゃ》な体躯《たいく》。

一八歳のあかりだ。今はコンロの前に立って、フライパンに油を引いていた。

あかりは俺に気づくと、こちらを振り返ってにっこりと笑った。

「おはよ、カナエくん。今日は一人で起きられたんだ」

「ああ。ずっと起こしてもらうのも悪いからな」

俺もキッチンに入り、朝食の準備を手伝った。

自分とあかりのご飯、お茶、箸《はし》をテーブルに持っていく。

少しして、二人前の目玉焼きをお盆に乗せて、あかりがやって来た。朝食をテーブルの上に並べる。俺たちはテーブルを挟み、向き合う形でカーペットに座った。

いただきます、と声を合わせて、俺たちは同時に箸を取る。

あかりと同棲《どうせい》を始めてから、二週間が経っていた。

俺は朝食を取りながら、ロールバックが終わってからの一年に思いを巡《めぐ》らせる。

いろいろあったが、あかりが宝くじを当てたのは特に大きなイベントだった。

もちろん、偶然ではない。俺がロールバックの間に見た、数字選択式の宝くじの当選番号を覚えていて、それをあかりに教えたのだ。

最初、あかりは「なんかずるくない？」とためらっていたが、俺が「別に不正を働いているわけではない」「散々ひどい目に遭ったんだから、これくらいは許されるだろう」「遊びに使うわけじゃないんだから」と必死に説得したら、不承不承ながらも、あかりは宝くじを買ってくれた。それで、経済的な不安は呆気《あっけ》なく解消された。

一方で大学入試に関しては、あかりは自分の努力のみで合格を成し遂げた。

夏の地区予選大会を勝ち抜いたあかりは、見事インターハイに出場し、スポーツ推薦の枠を手に入れた。そして面接を難なくクリアし、念願叶《かな》ってI大学に合格。それを泣きながら電話で伝えてきたことは、今でも覚えている。

まぁ、そんなこんなあって、俺たちは東京で再会し、同棲《どうせい》を始めたわけだ。

順風満帆だった。これ以上ないくらいに。

「ごちそうさま」

食事を終え、俺は食器をキッチンに持っていく。

リビングに戻ると、あかりは箸《はし》を止め、じっと自分の携帯を見つめていた。

「なんか連絡でもあったか？」

「うん、お母さんから。これ、見て」

あかりは携帯の画面を俺に見せる。

液晶には、彰人《あきと》と速瀬《はやせ》さんの姿が映っていた。二人とも笑っている。画像の下には、「結婚するようです」という一文が添えられていた。

「へえ。びっくりだな」

とは言ったものの、そこまで驚きはなかった。

彰人が急性アルコール中毒で倒れた日から、速瀬さんは何かと彰人のことを気にかけていたらしい。おかげで更生とまではいかなくとも、彰人の素行は大幅に改善された。今は速瀬さんの酒屋で働きながら、あかりから奪った一〇〇万円を少しずつ返済している。

「私も、びっくりしてる」

「一年で結婚だもんな。進展が早い」

「それもあるけど……自分に驚いてるの」

あかりは大きな発見でもしたように、俺を見て言う。

「私……正直まだ、お兄ちゃんのこと許せてない。でも、一瞬。一瞬だけ、よかったな、って思えたの。お兄ちゃんが結婚するのを、ちょっとだけ、喜べたの」

俺にはあかりが戸惑っているように見えた。自分の感情にどう向き合えばいいのか、分からないのだろう。死を願うほど憎んだ相手の幸せを、素直に祝っていいのか――。

俺は、いいと思う。

「あかりは胸を張って喜んでいい。たぶん、それは素敵なことだよ」

俺は歯を見せてニッと笑う。するとあかりも、笑った。何かを乗り越えたような、清々《すがすが》しい笑《え》みだった。


朝食を終えたあと、俺とあかりは大学に行く準備をし、アパートを出た。

外は雲ひとつない晴天で、ポカポカとした暖かさに恵まれていた。

俺たちは最寄りのバス停からバスに乗り込む。二〇分ほど走った頃、バスはI大学の前に着いた。

バスを降りた途端、目の前をひらひらと桜の花弁が横切った。俺はなんとなくその行方を目で追う。しかし花弁は風に煽《あお》られ、空に吸い込まれるように見えなくなった。

「カナエくん、行こう」

あかりがこちらに手を差し出す。

「ああ、行くか」

俺はあかりと手を繋《つな》いで、キャンパスに足を踏み入れた。

それほど広くない道幅の両脇《りょうわき》に、立派な桜並木が続いている。真上を見ても、空の青さがまばらにしか確認できないほど、桜の密度が高い。舞い散る花弁が、雪のように絶え間なく降っていた。

正門から本棟へ続くこの通路は、学生や講師から桜のトンネルと呼ばれている。すでに満開の時期は過ぎているが、それでも圧巻の光景だった。

不意に、あかりが足を止める。

どうしたんだろう、と横を見ると、視線がぶつかった。

あかりは溶けそうな笑《え》みを浮かべて、瞳《ひとみ》を涙で濡《ぬ》らしていた。

「どうした？」

「や……なんだか、幸せだなぁ、って思って」

あかりと繋《つな》いだ手が、じわりと熱くなった。

俺は力強く答える。

「これからもっと幸せになろう」

うん、とあかりは頷《うなず》いた。

俺たちは前を向き、また歩きだした。

振り返らず、二人で前に進んだ。

あとがき

好意や憧《あこが》れが強ければ強いほど、それを向ける人に失望されたくなくて、つい距離を取ってしまう、ということがよくあります。しかし大抵の場合、自分の気持ちは言葉にしないと相手に伝わらないので、嫌われたり傷つけたりする覚悟がないと、人と親しくなるのはなかなか難しいものです。ただ、それってちょっと理不尽というか、どうにも報われないような感じがしてしまうんですよね。

相手に察してほしい、というのは傲慢《ごうまん》な考え方ですが、それでも、言葉や行動にできない強い思いが、何か意味を持ってほしいというか、報われてほしいというか。

今作のヒロインである保科《ほしな》あかりを書いている最中、なんとなく、そんなことを思いました。彼女には幸せになってほしいですね。

以下、謝辞です。

担当編集の濱田《はまだ》様。企画から改稿までハードな進行でしたが、辛抱強く付き合っていただきありがとうございます。次もまた苦労しそうな予感がひしひしとしていますが、何卒ご指導のほどよろしくお願い致します。

くっか先生。あまりに小説が書けず、もう全部投げ出して北海道あたりに引っ越して静かに暮らそうかな、などと思った矢先に最初のイラストが届き、なんとか思いとどまることができました。今回も素晴らしいイラスト、本当にありがとうございます。

読者の皆様。皆様がいてくださったおかげで、二作目を出すことが叶《かな》いました。ありがとうございます。また、ファンレター、ＳＮＳ等の声にはいつも励まされています。今後もたくさん書いていく所存なので、引き続き見守っていただけると幸いです。

最後に、編集部の皆様、校正ならびにデザイナーの皆様、そして、印刷所の皆様に多大なる感謝を。

それでは、またお会いしましょう。

二〇二〇年　某日　八目《はちもく》　迷《めい》

GAGAGA
ガガガ文庫

きのうの春で、君を待つ

八目 迷

発行	2020年 4 月22日　初版第1刷発行
	2022年11月20日　　第2刷発行
発行人	鳥光 裕
編集人	星野博規
編集	濱田廣幸
発行所	株式会社小学館 〒101-8001 東京都千代田区一ツ橋2-3-1 [編集] 03-3230-9343　[販売] 03-5281-3556
カバー印刷	株式会社美松堂
印刷・製本	図書印刷株式会社

Printed in Japan ISBN978-4-09-451842-9

目次

design
たにごめかぶと
（ムシカゴグラフィクス）

きのうの春で、君を待つ
八目迷
illust. くっか